U0657667

孙未金钱系列小说

豪门季

孙未 著

作家出版社

图书在版编目（CIP）数据

豪门季 / 孙未著. – 北京：作家出版社，2010.11
（孙未金钱系列小说）
ISBN 978 – 7 – 5063 – 4878 – 2

Ⅰ.①豪… Ⅱ.①孙… Ⅲ.①长篇小说 – 中国 – 当代
Ⅳ.①I247.5

中国版本图书馆 CIP 数据核字（2010）第 138065 号

豪 门 季

作　　者：孙　未
责任编辑：王淑丽　钱　英
封面设计：任凌云
插　　图：张　恢
出版发行：作家出版社
社　　址：北京农展馆南里 10 号　　　　邮　　码：100125
电话传真：86 – 10 – 65930756（出版发行部）
　　　　　86 – 10 – 65004079（总编室）
　　　　　86 – 10 – 65015116（邮购部）
E – mail：zuojia@ zuojia. net. cn
http：//www. zuojia. net. cn
印刷：北京尚唐印刷包装有限公司
成品尺寸：152 × 230
字数：160 千
印张：14. 75
印数：001 – 10000
版次：2010 年 11 月第 1 版
印次：2010 年 11 月第 1 次印刷
ISBN　978 – 7 – 5063 – 4878 – 2
定价：27. 00 元

Contents

Contents

私生活

迈克在上周的访问中公开表示，我的私生活成了一门产业！对此我已经深感厌倦。

悲剧发生于多年前，富人迈克不幸坠入情网，有一天娶了美丽的专栏作家迈太。婚后没多久，他就发觉自己娶的是一个奸细，迈太温柔刺探富人圈的秘密种种，写成专栏和畅销书，公诸于世。

固然，迈克不是查尔斯王子，但他是富人圈日进斗金的大律师，堂堂事务所老板，一个成功的富人。要知道，只有富人才是这个时代的超级偶像，相形之下，王储国公略输实惠，艺术巨匠稍逊主流。正因如此，迈克的私生活，必然比王宫情仇更值得一探究竟。

富人和内奸，从此在万千读者的注视中，开始了飞鱼与水鸟的相爱。

新富的迈克日日周旋于富人圈，热衷赚钱，喜好炫耀，崇尚小布尔乔亚的生活方式。迈太则从来不安于太太团的活动，追求波希米亚的风尚，享受着迈克提供的锦衣玉食，却每每讥诮富人圈思想空虚。这一对富人夫妇，正像物质之于精神、时尚之于人文，既是不离不弃的伉俪，也是针锋相对的敌手。

好在迈克深知：一个伟人，要懂得承受婚姻的考验，如苏格拉底。一个富人，更不可或缺的，是有最了解他的人为他作传，如迈太之于迈克。

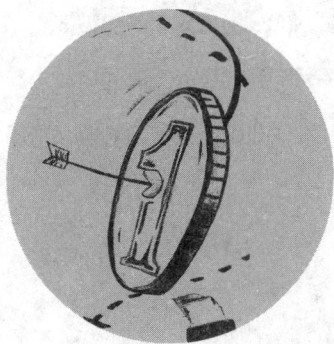

帝国有马桶

迈克事务所生意盈门，账上的律师费见涨，活多人少忙不过来，当迈克某天奋不顾身地亲自出马，一天连赶三场会以后，他痛定思痛，定下了重建帝国的计划。

迈克向迈太宣布说，哈尼，我是堂堂老板，没理由再亲自去做律师业务，跟客户开会的是吧？

我已经选中了恒富大厦的一整个楼面，我要再招五十名员工，从今往后，我要像一个真正的资本家那样，悠闲地在监视器里看着他们工作，什么客户，什么案子，什么开庭，我一概不管，我只管收钱。

话说迈克的帝国装修完毕，所有新旧员工迁入的第一天，迈克坐在半个篮球场大的总裁办公室里，一边透过半片玻璃墙，瞭望整个楼面的人来人往，一边切换着监视器，轮流查看每个员工如何手忙脚乱，一边享受着自己这儿的静谧宜人，心中油然生出了无为而治，且大国泱泱的自豪感。

正在迈克美得把一双脱了皮鞋的胖脚丫，跷到老板台上的当口，门忽然被砰地推开了，一个愣头愣脑的新员工慌张地向迈克报告，老板，马桶坏了！

迈克立时气急败坏，他厉声道，睁开你的眼睛看看清楚，我又不是修马桶的！

迈克实在不明白，为什么偌大的帝国建起来了，自己反而成了修马桶的，类似的事情，就算是在不久前小国寡民的时候，也没有发生过啊。

迈克立刻紧急召开帝国大会，这下，他总算是明白了大国与小国的差别，整个楼面的办公室，当然是包括一套洗手间在内的，这不像以前租几百平米，洗手间在公共地带。那么，马桶漏水，理所当然成了帝国的事务之一。

行政主任温言软语向迈克解释，这位新员工，他的意思，不是让老板您亲自修马桶，他只是想请示您，马桶坏了怎么办？

迈克拍着会议桌说，怎么办，当然是问你这个行政主任了！我们是谁？中国航空母舰式的律师事务所！我是谁？这艘航空母舰的老大，中国律师界的领头人！像马桶这种既不高雅、也不重大的事情，怎么可以来烦我呢？记住，以后，绝对，不许在我面前再说"马桶"这两个字！

三周的时光平静如水地过去了，再也没有人敢在迈克面前提起"马桶"二字，甚至连秘书为他买来马球衫以后，也只敢怯生生地这么汇报，老板，您的那种那种球衫准备好了。

直到有一天，行政主任叩门而入，照样温言软语地开了腔，老板，有件事情要向您请示，我需要您批准购买一些配件，是那种那种桶必需的，因为自从那种那种桶漏水后，我们责成写字楼物业维修，修了几次都没彻底修好，他们说是桶体裂了，但这显然属于人为损坏，他们不负责购买，除非我们自己掏钱……这就得您亲自批准了，否则谁敢做这个主啊，您说是吧，说大不大、说小不小的开支，而且到底不是日常的墨盒、文件夹之类的……当然我们可以责成那位新员工赔偿，显然就是他上次爬上去翻柜子踩裂的，但是他说这是因公找灯泡，原本也是为了维修办公室的另一盏灯，所以赔与不赔，也还是要您说了算……然后，如果要买配件，还得劳烦您在财务单据上签一个字，这是正常手续。

这次，迈克简直怒不可遏，他把老板台拍得啪啪响，那一头的行政主任不断惊跳。

迈克再次召集帝国大会，郑重宣布——

我们的航空母舰虽然雄伟，但是构架还是不够庄严，过于扁平化的管理，致使那种那种桶的事情，也要找上我，这，实在是有失体统，有失体统！所以，我决定，把我们事务所从扁平化管理，改革成金字塔式的管理，虽然管理成本高了些，但是我相信，为了那种那种桶的事件不再发生，有所值！

一个月后，迈克再次沉浸在总裁办公室的悠然自得中，秘书小姐轻轻叩门说，部门经理们集合完毕，恭请老板去会议室听汇报。

迈克心想，金字塔管理虽然费钱，却果然够体面。当他施施然踏进会议室的大门，看见一溜中层干部西装笔挺地分坐两边，更是喜不自胜。

就听行政部经理率先汇报，敬爱的迈克，日前经由我部门下水系统主管报告，我航空母舰事务所的那种那种桶损坏已有五十余天，写字楼物业以桶体人为损坏为由，要求我所自行购置桶体，现书面报告呈上，请您定夺。

随后人事部经理汇报，敬爱的迈克，日前经由行政部就那种那种桶、桶体人为损坏一事，交由我部门核实查办，经我部门新员工主管报告称，该员工踩裂桶体情况属实，但是为了维修事务所的另一盏灯，翻找吊柜里的灯泡所致，处分与罚款与否的几种方案，我写了一份报告，附上主管的调查报告，一起呈给您，请您定夺。

接着是财务部经理的汇报，她倒是痛快，直接递上了一份从行政部流转过来的请款申请，加上一张现金预支单，直接交给迈克。迈克接过来一看，预支单的事由上赫然写着，购买"那种那种桶"。

是夜，迈克疲惫不堪地回到家，面对迈太的温柔目光，潜然欲泪。

他对迈太说，哈尼，早知道帝国有马桶，我还不如自贬为一个小律师来得清净呢。

孤苦难言

迈克最爱坐在他的总裁办公室里，把他的胖脚丫高高搁在老板台上，仰面朝天地摇晃着他舒适如摇篮的老板椅。

他眼睛的余光里，是半玻璃墙外他整个楼面的帝国，几十名员工坐在各自的隔断里兢兢业业地工作，哪一个敢不正襟危坐？唯独他尽可以悠闲自若，肆无忌惮。

他惬意地前后摇动着椅子，他的员工和帝国在其眼皮底下，一派升平景象。助理甲正在往电脑里输入一份合同。助理乙正在整理桌上的档案材料。律师丙拿着电话在严肃地讨论什么，多半又是哪个难缠的客户。律师丁挠着头在纸上写写停停，似在起草文件。而行政小姐戊正走来走去忙着复印，袅袅婷婷的她穿着及膝裙，煞是赏心悦目。

他一边摇，一边美滋滋地享受这种感觉，他知道他是这里自在而骄傲的国王，他的这些员工们，都从心底里尊敬他、爱戴他、崇拜他。

他在幸福中更加深深地往后一靠，说时迟那时快，只听轰的一声巨响，迈克失去了平衡，连人带老板椅翻倒在地。一时间，迈克屁股剧痛，眼冒金星，最糟糕的是还四脚朝天，胖肚子压住了全身的重心，半天翻不过身来。

迈克的第一反应是，千万不能被人看见，他强忍疼痛，以发胖以来最敏捷的身手跌跌撞撞爬了起来。他来不及揉自己的屁股，急忙佯装无事地照常坐好，一边紧张地望向玻璃墙外。好在所有的员工依旧正襟危坐在各自的位置上，神态和动作毫无改变，他们应该是正好谁也没有看到这狼狈的一幕，迈克这才松了口气，暗自感激老天帮忙。

稍定神，迈克敏感地回想到，刚才似乎谁脸上的表情有些不自然，好像在强忍着笑意，他们究竟是都没看见，还是有谁看见了却故意装作没看见呢。

迈克整理了一下衣裳，若无其事地走出总裁办公室，以平常巡视的姿态在隔断间踱步一圈，员工们更加专心地低下头工作。迈克尴尬地清了清嗓子，又行若无事地回到了自己的房间里。

其实刚才的一幕，助理甲就看见了，他急忙捂住嘴把大笑的音节堵在了口腔里，随后他犹豫了一秒钟要不要去扶迈克，不过如果这样，从地上爬起来的迈克肯定会把一腔怒气发到他身上，于是助理甲赶紧把目光重新回到电脑上。

助理乙也看见了，他差点把刚喝的一口茶全部喷出来，他一边匆忙地擦掉档案上的水点，一边想要不要去扶迈克，不过他下午本来请了假，如

8

就这样，迈克在全体爱戴他的子民面前，孤苦无依地摔了人生的一个大跟头。

果迈克受伤了，那么送他去医院的任务肯定顺理成章落在扶他的人身上，于是助理乙赶紧埋下头去。

律师丙也是目击者，他在电话里的声调忽然奇妙地拐了个弯，这是强忍笑声的发音效果。他急忙扭过头去朝着另一个方向，他深知，如果被迈克发现自己看见了他的丑态，被借故撵出事务所是必然的，更不用说自己找死跑进去扶他了。

律师丁也目睹了当时的盛况，他使劲抿住嘴巴继续挠头，尽管嘴角在强忍大笑的挣扎中微微颤抖。他倒是严肃想过是否立即冲进去，第一个扶起迈克，安慰他受惊后脆弱的心灵，只不过他担心这样一来，整个事务所的同事都会笑话他是马屁精。

最惨的是行政小姐戊，她妖娆的脚步正好迎面走向那道玻璃墙，一切发生得太突然，她飞快地向后转假装背对着迈克，高跟鞋几乎让她自己也同时跌了一跤。她告诉自己，克制同情心，不能扶，不然大家都会以为她想勾搭高攀老板，她可是一个正派的女孩！

其实有谁没有看见迈克四脚朝天的这一跤呢，迈克九十公斤的体重，就在倒下的一声巨响中，整个楼面的地板都震了一震，连墙角发财树的叶子都掉了几片。

就这样，迈克在全体爱戴他的子民面前，孤苦无依地摔了人生的一个大跟头。

迈太失踪记

迈太嫁与迈克后，渐渐脱去穷人习气，习惯了穿新衣新鞋（放弃了旧牛仔裤和旧球鞋的舒适享受），戴珠宝首饰（虽然很勒人，并且易引起肌肤过敏），吃饭有人站在身后全程观看（侍者和主人的关系，此刻倒像豢养者和他的宠物）……

但是迈克对迈太这些辛苦的教化，并不能阻止迈太每年春天的徒步出行。

今年，迈太竟然一去不返，眼看预定归期已经过了，回程机票既没有使用记录，也没有改签登记，迈太手机的VIP号码打过去，净是甜丝丝的移动秘书，在问你要不要留言？迈克要留什么言呢，迈克只有无言。

迈太失踪的前三日，迈克只是愤懑，太太不见了，向谁去喊冤？

迈太失踪的后三天，迈克变得焦虑，每天早三遍晚三遍拨打迈太电话，脑海中渐渐浮现可怕的画面：迈太穿着雪裤雪靴，一路攀登消失在茫茫雪山中。迈太身着冲锋衣，被倾盆大雨冲进了幽深的峡谷。迈太被山中野人捉去，戴上花环被迫做了压寨夫人。想到最后一种时，迈克打了个寒战，就此终止了脑中的画面。

第七日，迈克在电话中听到的，照例是移动秘书甜腻的声音，迈克忽然意识到，这声音比迈太甜美得多。

此刻，迈克以他丰富的职业知识想到，只要迈太失踪两年，就可以向法院申请宣告失踪，三个月公告期一过，自己就可作为理所当然的人选，代管失踪人所有财产。

迈克又打了个寒战，但这并不妨碍他继续往下思量——

待迈太失踪满四年，再经过一年的公告期，就可以宣告死亡，自己不但无须再担忧财产分割，而且又空出了一个法定太太的位置。没准，因为迈太是在徒步时失踪的，只需两年零三个月，就可直接得到法院的死亡宣告。

于是，在第七日这个阳光普照的中午，迈克诡秘地一笑，就此放下电话，如上帝般停止了一切工作。

接下来的两日，迈克在对未来无限的憧憬中，心情大好地度过。不过，迈克不愧为经验丰富的律师，到了第九日，迈克忽然念及，万一在两年的时间里，迈太重新出现，全盘计划将无条件地告罄。即使在迈太好不容易被宣告失踪或死亡后，她某天背着个破烂登山包，满脸尘土一身泥巴地回家，法院还是会重新认可她的存在。

而且，从经济学的角度考虑，迈太在被宣告失踪前一样可以从信用卡提走生活费，但是两年内，她却根本不履行一个太太在家庭中的工作，这，怎么可能是一桩好买卖呢？

迈克焦虑起来，他有生以来从未这么着急过，这可是有关自己切身利益的一件亏本生意啊！他吩咐每个助理轮流给迈太打电话，务必保证二十四小时连续拨打，所以，等到第十日，迈太的手机终于被拨通时，助理们都纷纷向迈太报告特大新闻——

即使泰山崩于前，也从来没看见迈克这么紧张过呢。

迈太狐疑地拨打迈克的电话，就听彩铃也在声声呼唤：我在佛前苦苦求了几千年，愿意用几世换我们一世情缘……

迈克亲自订了一张电子机票，连哄带骗把迈太从穷乡僻壤的大西南，弄回了上海。于是在迈太失踪后的第二个安息日，一样阳光普照的中午，迈太终于衣衫褴褛地与迈克同坐在豪宅客厅的真皮沙发上。

迈太对迈克说，你猜我这些日子去到了哪里？一个神秘山谷里的原始部落。那边的人擅长使巫术下降头，极其灵验的，我当然不能放过这个机会，就跟他们学了一招"爱情降"。

迈克再次打了个寒战，哑声问，你对我下了"爱情降"？

迈太说，当然啦，我迟回来这么久，就是在办这件大事，祭祀和许愿很复杂的。

迈克问，真的灵验吗？你是许愿我会爱你一生一世吗？

迈太说，当然不啦，我知道这个愿望不适合你，所以我许的愿是，当迈克有一天厌倦并想摆脱我的时候，拜托神，千万要让他想到，这一行为将对他造成的实际经济损失，这样，他就会放弃原先的念头，开始紧张我的存在了。

随即，迈克与迈太异口同声道，感谢神。

飞离银河系

迈克最痛恨迈太和穷人交朋友，因为这些穷人，总能把迈太带到天涯海角。

迈克的噩梦总是这样开始的，迈太拿出七十升的登山包，装上零零碎碎各色日用品，然后说一声再见，就和驴友们消失在迈克的视线中。这一去，山高水远，坐火车，坐汽车，坐拖拉机，骑马，一直去到连手机信号也没有的地方。

富人总有超常的占有欲，迈克又怎能容忍迈太离开自己的控制范围。

迈克痛定思痛，发现问题在于，穷人可以不花什么钱，就无止境地漂泊下去。他们可以搭车，借宿，蹭饭，甚至一边打工一边走。去年，迈太本来说要去云南两周，结果跟着驴友，又从云南出发，一路去了西藏、尼泊尔、印度，完全无视迈克停她信用卡的威胁。

待迈太回家，迈克就严肃地对她实行洗脑，明令禁止她与穷人来往。迈克恨恨地说，你听听驴友这个称呼，多不高级，连高头大马都不是！

令迈克感觉安全的是，今年迈太的社交圈终于有了改善，一同喝咖啡的，都是名媛富豪。

某天下午，迈太在家中电脑前写专栏，接到名媛丽莎的电话，邀她去喝一杯咖啡。迈太换上一条薄裙，手袋里装了钥匙和手机，匆匆出门。

两人点了甜品和冰淇淋，聊得开心，丽莎忽然一时兴起，提议说，咱们现在出发，一起去看看喜马拉雅山吧。

迈太电话迈克，哈尼，我和丽莎在喝咖啡，打算现在就跟她去喜马拉雅山，你批准吗？

迈克异常平静地回答，好啊，没问题。

迈太如获大赦，丽莎立即电话通知她的私人飞机准备。待到上机，关上手机之前，迈太再次兴奋地电话迈克，哈尼，我已经在飞机上了。

迈太诧异地听到，手机那边传来了迈克的哈哈大笑——甜心，别继续开玩笑了。告诉我，你在咖啡厅里？在回家路上？已经到家了？

迈太把手机递给飞行员，请他向迈克介绍了一下飞行线路。少顷，迈太把手机放回耳边，听到了迈克无比绝望的声音——甜心，难道这一切都是真的？你就这么飞走了？

接下来的几天，过得海阔天空。常常是丽莎和迈太飞临某个城市，痛玩过后，一觉睡到自然醒，等两人睡眼惺忪地起床吃完早餐，再随时踱上飞机，飞往任何一个地方。

等迈太光辉灿烂地返回上海，迈克的脸早就变得青中带绿。

15

迈太神采飞扬地对迈克说，哈尼，你知道吗？丽莎马上要添一架十人座的公务机啦，据说不用加油，一下子能飞到美国呢。

迈克这时才惊恐万状地悟到，迈太最危险的朋友，不是叫做驴友的穷人，而是那些就在他们身边的富人，说不准哪一天，他们甚至有能力把迈太带离银河系。

攻陷上海

迈太姣美的身躯中有一个自由奔放的灵魂，时刻踩着弗拉明戈的舞步，想要流浪去异国他乡。迈克同样娇嫩的身躯中却是一个康德式的灵魂，他觉得世界并不比一张沙发大多少，只要出门散步一百步，就已经相当于周游了地球。

迈克在家门前环游地球的理论，很快得到了实证。

某个周末，迈克和迈太手挽着手下楼，蓦然发现很多贴着航空标签的皮箱来到大堂口。

不知什么国际公司又打算在上海开展业务，两户美国人带着他们牛仔般的微笑和吃牛排的好胃口来了。他们旺盛的生育精神尤其令人钦佩，壮硕的太太们汗流浃背，都是手牵着两个，婴儿车上推着一个，背上还背着更小的一个。迈克预测到，在今后不超过两年的时间内，左近西餐店的价格必然因为供需倾斜而价格上扬。

接下来的第二个周末，法国人登陆豪宅路，据说是来投奔上海这个新兴的艺术之都。他们古怪的行李，遭遇了尽责的物业人员详尽的盘查，一棵奇形怪状的树，一块莫名其妙的颜料板，一群漂洋过海的狗，一堆似乎巫师才用得上的瓶子。迈克讨厌他们看见女人就殷勤地说Bonjour，给他半个微笑就要扑上来拥抱一样，而男人在他们眼里都是透明的。

第三个周末，阿拉伯人来了，开着他们炫目的跑车。他们很可能是产油国的尊贵王子，来上海留学深造，学玄之又玄的中医，或者有招无式的国际传播。

就这样在不知不觉中，豪宅小区已充满浓郁的异国情调，走在林荫道上耳边就像在放映盗版碟，会所的游泳池里奇异的人种像大白鲨一样窜来潜去，大堂里时常有三两个哈利·波特来回奔跑嬉戏，小型儿童乐园里还有长手长脚的黑色孩子悬在秋千上。

东方女子在小区中有如珍珠闪耀，所有人高马大的外国绅士，看见单眼皮的精巧面孔和纤巧身材，就激动得Hello都说不利索。迈太不出小区，就发现了自己在世界人民面前的魅力。

会所SPA的手法日渐狠重，捏得迈克哎哇惨叫，按摩师习惯了老外的身板，练就了一副大力金刚爪。

消夜的餐厅里，一大堆各种颜色的眼睛，琢磨着你怎么点菜，试图效仿。迈克和迈太曾私下讨论过一个问题，为什么夜半的餐厅老外最多，难道他们的时差还没倒过来？或者是他们认为在熬夜上，可以表现超越东方人的身强力壮？

与此同时，迈克的客户中，香港人比例急速攀升，他们矮小的身躯里，动不动就有高鼻梁蓝眼睛的鬼魂附体，趾高气扬地用他们南方口音的嘴说着鸟语。

　　迈太的太太团中，台湾人正在大量增加，她们永远瞪大了貌似无辜的双眼，以小心谨慎怀疑一切的态度，絮絮叨叨每分每秒在问，是这样的吗？不会有错的吗？这么说你有自己试过的吧？

　　瞧，迈克是多么具有真知灼见啊，不用你去辛苦环游地球，地球会自己来到你的脚下。

　　迈克夫妇不仅在家门口省下了国际航班，国内航班也一并省下了。他们的左邻右舍，楼前楼后，分别是浙商、徽商、晋商等等，不胜枚举。在电梯里，各方巨商常会用天南海北的方言，和偶遇的哪家保姆聊得老乡泪汪汪。

　　而上海话在富人区居然成了一种保密度最高的暗语，无人能识。迈克夫妇在上海地价最昂贵的所在，唯一几次对上家乡话，乡亲们分别是，即将拆迁的国有生煎店的营业员、送包裹的邮递员和某次冲进小区吆喝着磨剪刀的老伯。

　　生于忧患，死于安乐，是之谓也。

　　挽着迈克走这一百步环游地球的旅程时，迈太常在这貌似异乡的上海一隅颇费思量，这究竟是一场入侵者与土著的战斗，是荒原征服，还是十九世纪农工工会式的劳务输出？迈太正神思游移间，忽觉身边的迈克脚步一个趔趄，他康德式镇定的眼睛，此刻正惊异莫名地瞪着会所的大门发呆。

瞧，迈克是多么具有真知灼见啊，不用你去辛苦环游地球，地球会
自己来到你的脚下。

只见会所的门童新近闪亮上任，庄严华丽的门楣前，赫然站着一个包着红色头巾的印度男子，乌黑的一张脸恭敬地向迈克夫妇鞠躬施礼，嘴里嘟哝着奇怪的语言，在他宽大的袖子里，一条花里胡哨的小蛇正好奇地探出头来。

暗杀无门

保姆请假回家的日子里，迈克和迈太常常在家里玩捉迷藏。

迈太从大书房找到小书房，叫，哈尼，你在哪儿啊？迈克不做声。

迈太又检查了两间卧室、两间客房、五个阳台，高叫，哈尼，你在哪儿啊？迈克不做声。

迈太彻底清查了两个厨房、四个洗手间、用人间、储藏室、衣帽间、阳光屋、天台烧烤区，甚至查看了对开门的大冰箱，然后恼羞成怒地大叫，死迈克，你在哪儿？

这时，她听到笑声影影绰绰传来。原来迈克就一直窝在客厅巨大的沙发里，看着迈太无数次穿过走廊来来回回。

迈克告诉迈太，最近他做生意得罪了人，难保不会有人来暗杀他。

迈太笑道，那就请杀手来啊，他不在我们的房子里迷路才怪。更不要说，他还要通过进门的千回百转。除非他是一个身家相当的富人，熟悉豪宅的最新时尚。

迈太去伊丽莎白家串门，曾经看见一个推销员，试图上楼寻求业绩。他束手无策地站在紧闭的电梯门口，眼睁睁地看着上下的两个箭头，被奇怪的数字键盘代替了。

跟着迈太进了电梯，他抓狂地四下寻找楼层按钮，可是除了呼救键，什么也没有。当迈太从伊丽莎白家吃过饭、聊过天、参观过她新买的四十件衣裳，再施施然下楼的时候，发现那个可怜的推销员，还愣在电梯里，身不由己地跟随大家上上下下。

英俊富有的单身贵族威尔逊，每次邀迈太去他家参加派对，都会请迈太到大门口先电话他，然后他扔下一屋子客人，亲自下楼迎接。迈太为此娇羞万分，只怕有旁人闲言碎语。

于是有一回，迈太决定自己直接上楼去，随即她第一次明白了，什么叫做自作多情。原来威尔逊家的电梯，就像某些酒店的设计，没有公寓的锁匙卡，进了电梯是没法按键的，而且哪一层的锁匙卡，就只能按哪一层。试想，如果杀手莅临，他能电话邀请主人下楼，亲自迎接他上楼吗？

所以说，现代的杀手，已经不是像小马哥那样，披一件黑风衣，叼一根牙签，踢开两道门，机关枪一扫射，就可以让老大倒在血泊中。除非你能请得动每年换豪宅的富人，愿意为你卖命做杀手，否则你暗杀的对象只可能是穷人。

让小马哥最抓耳挠腮的是，高尚的豪宅越来越讲求门庭的隐蔽，富人们钟情隐居于都市的概念。很可能你走过一个繁华的路口，完全没有发现豪宅入口的迹象，只有一堵平淡无奇的古老高墙和一个小巧精致的门牌，指引着里面的豪华世界。

当然，这样隐秘的豪宅，少不了要有一个顶层的私家游泳池，让全世界来注视。当小马哥在豪宅附近遍寻无门的时候，忽然仰望到，暗杀对象正昭告天下地漫游于碧波中，他恐怕要把牙签咬碎，吞落到肚子里。

你有权保持沉默

迈克有个娇滴滴的习惯，他总是在到家前十分钟拨通迈太的电话，腻着她闲聊一会儿。

迈太半推半就地问，哈尼，你就不能回来再聊吗？

当然不能，因为迈克只要一进家门，不论刚才电话里聊得多么欢势，他的说话系统都会随着开门关门的那声轻响，自动关闭。

并非迈克不愿做一个情爱炽热的男人，手持电话一路甜言蜜语地推门进来，放下电话搂着迈太的纤腰继续长谈不止，然后双双栖息于柔软的沙发上，像一对聒噪的小鸟，相互说不完的心里话。这一定能讨得迈太无比的欢心。

可惜迈克做不到，因为迈克是个富人。

穷人总有几个珍藏内心、使一生显得意味深长的所谓秘密，富人却总会在晚年严肃考虑，怎样才能找出一两个不是秘密的真相，使他们的一生显得意味深长。可怜的迈克，偏偏还是一个富人的律师，除了自己的秘密，他还必须保管客户恒河沙数般的秘密。

迈克的压力真的很大，请想象，他必须见人就口若悬河，而且纵横捭阖间，必须保持注意力高度的集中，时刻都要保持不说出要命的真话，这实在比较违反人类拥有语言能力的初衷和天性。

每天开车出门，打开收音机，听见里面传来天气预报，迈克就嫉妒得血压升高。天气预报，是这个世界上唯一努力想要讲出真话的工作，虽然太多时候他们都不幸说了假话。可是迈克呢，他得分秒提醒自己，千万不能一不小心把假话说成了真话。

当事人的真相不能说给法院听，法官的承诺不能说给敌手听，和敌手律师的私下协议不能让双方客户知道，还有，先生团的轶事种种不能说给太太听，从别人太太床帏间听到的笑话不能一失口正好当她先生的面说出来。最要紧的是，但凡和女客户有什么牵扯不清，即使自己的灵魂和身体都是清白的，也绝对不能让迈太知道。

当然，迈克骁勇善战的大脑并不能保证永远警惕，所以，与大多数稳重的富人一样，迈克有一句著名的口头禅，呃——这个问题我不是很清楚。其实这个时候，他正在安全地断电休息。

京城名流李钟华问迈克，哥们，我正和萧元好谈一个大项目的合作，你替他做并购，知不知道他们集团最近的现金流怎样？

迈克一脸庄严地答，呃——这个问题我不是很清楚。

马修的太太问迈克，帅哥，上个月的劳务纠纷案子里，那个小妖精设计师真的和我们家马修有一腿吗？

迈克一脸诚恳地答，呃——这个问题我不是很清楚。

迈克是多么疲惫不堪啊，说话已经成了他人生中最艰辛的脑力劳动，所以他总是下意识地在回家前打电话跟迈太聊天，一旦到家，说话的工作就算彻底结束了。

傍晚，迈克在书房打游戏，迈太推门进来，百般温柔地问迈克，哈尼，今天晚饭你是想吃红烧肉，还是松子鲈鱼呢？

迈克一脸无辜地答，呃——这个问题我不是很清楚。

念及上千个夜晚，迈太都是在这样荒唐的回答中，寂寞孤苦地度过，迈太伤心地质问迈克，哈尼，你还把我当你的太太吗？

迈克一脸严肃地答，呃——这个问题我不是很清楚。

迈太气愤地问，哈尼，那你这辈子还打算跟我好好说话吗？

迈克继续一脸温存地答，呃——这个问题我不是很清楚。

迈太终于忍无可忍，她平生第一次咆哮道，死迈克，今天你一定要跟我说清楚！

迈克这时候才从断电状态中觉醒过来，看着眼前风云突变的局面，他惊慌失措地连忙一边作揖一边解释，哈尼，奥菲莉娅只是我的客户，我和她之间真的什么也没发生，你不信，我可以对天发誓，发毒誓！

名车与死神

迈克爱名车，当他决意添置第四辆昂贵座驾时，迈太死死按住了钱袋。迈克灵机一动，提出了一个最能打动太太的理由——

哈尼，别看名车贵一点，最主要是安全，这些车的配置和质量，能够全面地保证在各种意外中，你亲爱的丈夫全身而退。

迈太果然温存可人，一提到丈夫的生命安全，顿时倾注了全身心的关怀。她提醒迈克，哈尼，你还记得差点被安全气囊闷死的陈彼得吗？

去年某夜，陈彼得酒醉回家，在高架桥上方向盘一偏，车子撞上了护栏。幸运的是，这位大亨的座驾，如娇嫩的美人般敏感，轻轻地撞击，就优雅高贵地弹出了安全气囊，这使得陈彼得柔软的前胸，连一个小小的乌青也没有留下。不幸的是，比气囊还要圆鼓鼓的陈彼得，被裹在中间，憋得差点断气。

而且酒后驾车闯祸，陈彼得原本可以在警察到来前，赶紧一走了之，稍后派人再来处理，只要逃过眼前的酒精测试，就罪证全无。可怜的是，陈彼得居然一时半会儿无法挣脱安全气囊的热情怀抱，那气囊仿佛是跟警察串通的卧底，牢牢地把陈彼得按在座位里。

那是陈彼得一生中最沮丧的夜晚，当被警察从驾驶座里解救出来，几乎窒息的他，没有等待到美女的人工呼吸，却在恢复正常的喘息后，被送进了冷冰冰的拘留所。

陈彼得由此明白了一个道理，香车和美人一样，往往都喜怒无常，不可捉摸，难说有一天会把你陷入什么境地。

当然，陈彼得的牢狱之灾，比不上菲利普的濒死挣扎。

菲利普仗着自己的跑车外壳坚硬，带着美人，詹姆斯·邦德般在高速公路上与灰头土脸的低档车抢道比拼。说时迟那时快，在变道稍稍迟疑的一刹那，冷不防一辆大卡车压上了他的车顶，把半辆跑车压成了照片。

好在菲利普和美人没有被压在卡车底下，他们正巧在那半辆车里好端端坐着，宛如一支牙膏还没被挤出的那一段。

美人吓得已经魂灵出窍，这难道不正是菲利普表现孔武有力的机会吗？菲利普不愧年轻骁勇，他的脑海中立刻闪过了美国大片的场景，邦德遭遇这样的状况，应该身手矫健地轻轻一脚，踢破车窗玻璃，把美人救出车外。

菲利普对自己在健身房的成果颇有信心，他利用有限的空间，伸出健壮的大腿和小腿，用尽全力，对着车窗一脚踹去，玻璃居然纹丝不动。两下、三下、四下，菲利普气喘吁吁，几乎恼羞成怒，曾经令他骄傲的爱车外壳，果真质量不凡，就连玻璃都这么给面子。

最心惊的是，仿佛所有大片的情节，菲利普开始闻到了汽油的味道，油箱泄漏眼看就要爆炸。邦德应该在最后的一刻，破车而出，然后在巨响和火光中，在地上抱着美人几个翻身，浪漫地躲过死神。生死攸关的时刻，菲利普愤怒地想，偷工减料的好莱坞，他们给邦德用的名车，一定都是冒牌货。

最后还是中国的警察，及时拯救了这位困境中的邦德。

命最不好的，当数马修。

话说马修的跑车，有一天在公路上翻了车，那辆高级跑车有一个自动保护杆，可以在翻车时，保护马修的脑袋，不会直接跟地面亲吻。

马修惊恐之余保住了他的脖子没有折断，可是，当他趔趄着从座位中爬出，逃离他的宝贝名车时，却不幸被保护杆绊倒，摔断了腿。

当迈太满怀爱意，絮絮叨叨地帮迈克回忆了这些往事，迈克对名车的一腔渴望，变成了巨大的恐惧，这就像对一个花心的丈夫谈论艾滋病一样，是最切实有效的方法。

于是，迈克战战兢兢地请教迈太，哈尼，那你看，买哪种车最安全？

迈太胸有成竹地回答，哈尼，你还记得吗？陈彼得、菲利普和马修的车，都曾经跟一种车撞过，这种车每次毫发无伤，而且不论对错，这三位大人物都没有找车主赔过钱。

迈克想起来了，那种车学名叫拖拉机，缓慢而强悍地突突前进，有着钢铁的意志和大无畏的精神，上面总是坐着自得其乐的农民和一脸茫然的牲口。

此时，客厅的电话响了起来，是汽车销售代表富有诱惑力的声音，迈克先生，您的车已经为您准备好了，您打算何时来办手续呢？

迈太不动声色地挂断了电话，款款回到迈克身边，像一只最优雅的安全气囊一样，把迈克牢牢地按在了沙发里。

香车和美人一样，往往都喜怒无常，不可捉摸，难说有一天会把你陷入什么境地。

马路擂台王

    这一天春光灿烂,懒趴趴惯了的迈克,忽发奇想,要开着新跑车携迈太去兜风。

    迈太问,哈尼,我们是去郊外,还是去赛车场试你的跑车呢?

    迈克思忖良久,哼哼唧唧地说,就绕小区一周吧,哈尼。

    好在,迈克指的是小区外一周,不是内一周。

    迈克舒展四肢,有如一只冬眠的狗熊翻身苏醒,雄赳赳气昂昂。他正儿八经换上一身炫目的赛车服,如胸肌掉到肚子上的施瓦辛格般爬进了驾驶座,精神抖擞地踩下油门。

    随后只见迈太的长发飞扬间,那跑车突突蹦跳两下,如职业保镖般活动了一下壮硕的关节,就耀武扬威地一头冲进了闹市拥挤的车流中。

    可怜这辆光彩照人的跑车,陷入了高峰时间长得不见首尾的队伍,就好像一个十七八岁里比多过剩的少年，挤在了一群鸡皮鹤发的老太太中间不得施展，明明轻而易举可以跑到240迈以上的靓车，如今这所谓试车，却好像专门在试刹车性能。

再看刚才兴致勃勃的迈克，早就郁闷得无处发泄，一张胖脸憋得青白青紫。

话说迈克行驶的这个车道，挪了几步照例又停，就在迈克再次沮丧地踩下刹车时，旁边车道的车开始向前挪，一辆公交大巴的车身，不慎轻轻擦到了迈克跑车的后视镜，令后视镜灵巧的活动关节后仰了一下，又旋即回正，发出了啪的一声脆响。

说时迟那时快，迈克呼啸一声，以前所未有的迅捷，从跑车里跳出来，两步冲到公交车前，一把揪过正下车查看状况的司机，劈头盖脸就给了他五六拳。

迈太大惊失色，尖叫一声哈尼，跳下跑车，手忙脚乱地在手袋里翻腾半晌，找出一把一寸来长的指甲锉，递到迈克手里说，哈尼，拿着，给你防身！

迈太其实不用紧张，此刻，没有人能伤害迈克。

那个公交车司机，早就在挣脱迈克胖手的第一分钟里，跌跌撞撞逃回车厢，关上车门，任谁敲也不肯再开门。而迈克仍如发怒的老虎般，喉咙间发出低吼，凶狠地在公交车门前不停地来回踱步，一边煞有介事地活动着肉乎乎的手指关节，虽然没有如愿地像拳击手那样发出可怖的噼啪声。

僵持了十分钟之后，司机终于在车厢内大叫起来——报警，报警！

报警？司机怎么可以抢迈克的台词呢？这可是原本迈克遇到任何问题，最爱高声恐吓对方的一句话了。要知道，富人是最大的纳税人，他们最爱动不动就报警，免得白白缴税。要知道，富人的肉体安全是如此金贵，以至于世界各地人民都懂得，你很容易花钱在任何一条街道上找到一个黑拳擂台手，但是如果你想雇用比尔·盖茨去打黑拳，就算动用美国所有银行的储备金，也不一定能买得动他。

所以，当迈克这样一位名贵跑车上的富人，今天居然亲自邀架，这是谁也不敢与之交手的。虽然司机后来回忆，事发当时，拳头落到他身上，感觉既如春风拂面，又如发廊女生粉拳按摩——然而，这样一位富人，以这样的身手，就要投入一场肉体搏杀，这绝对不可能，除非，那柔若无骨的拳头后面，藏了什么恐怖的杀招，是化骨绵掌也说不定！

是以这位司机回家后，还疑神疑鬼，这一来反而觉得周身酸痛，一周后才逐渐复原。

再说迈克，在大街汹涌的车流前，螳臂当车，阻塞交通，寻衅得自己开始呼呼带喘，这才收起指甲锉，与迈太双双回到座驾上。

当迈克重新发动跑车，后面长不见尾的车队，忽然一起按起了喇叭，迈克这才意识到，在他刚才发飙的时候，被阻的车，居然没有一辆敢出一声，表示催促。而若是换了任何一辆破车，不论主人如何凶悍善斗，只要他敢在路中间停半分钟，早就被后面的车骂得尸骨不存了。可见愿意打架的富人，绝对是威力无边的。

听着身后震耳欲聋的喇叭声，迈克微微皱了皱眉头，他再次踩下刹车，懒懒地扭头往后看，顿时，背后所有喇叭声戛然而止，整条街上，鸦雀无声。

迈太进当铺

迈克开着新买的双人跑车兜风，迈太坐在副驾上视察市容，突然发现富人商务区的高尚购物街上，居然新开了一间当铺。

看这间当铺，古色古香的大门紧闭，两扇门上的半圆花纹拼拢，正是一个大大的古体"当"字，漆黑沉重。迈太想象着里面神秘的黑暗景象，一人高的柜台上，一脑袋宽的窗口，还未过完隆冬的穷人，哆哆嗦嗦地脱下了他的棉衣，送上窗口。只听见算盘噼啪，然后扔下几个铜板，正够到隔壁麦当劳吃一顿饱饭。

迈太问，穷人押棉衣的当铺，怎么开到富人区来了？

迈克嘿嘿一笑说，你就算有The North Face的羽绒服，当铺也不会收的。现在的当铺，只接待如日中天的富人。

无独有偶，一周后，迈太就陷入了前往当铺的命运。因为迈克急需几百万做一笔生意。

迈太从一大堆房产证中，依依不舍地挑出了一本，然后袅袅婷婷来到当铺，满怀卖儿卖女的忧伤。当叩开大门时，她感觉自己正步入旧社会，成了一个身着暗花旗袍的妇人，于命运迷离的转弯处，被迫在高高的柜台上留下了最后的翡翠戒指，哀怨得不得了。

所以，当发现大门里面一片现代化的陈设，加上殷勤迎上来的帅哥经理，宛如熟悉的各类会所时，几乎让迈太感激涕零了。

迈太留下了房产证，办妥手续，一周以后，几百万进入了迈克的账户。整整三个月里，迈太天天向神祈祷，直到最后一天，迈克轻轻松松把几百万还进了当铺的账户，外加说定的六分利。

迈太急匆匆冲进当铺，从经理手里夺回了离别多日的房产证。她抚摸着房契，仿佛一个失而复得的亲人，那一刻的百感交集，让她充分体会了人类灵魂深处对私有制的迷恋。

谁也不想交出属于自己的东西。所以自古进当铺的只有两种人。一种是当掉棉衣换最后一餐饭；另一种则是绝对有把握可以拿回自己的东西，而且这笔钱的周转，能够帮助他得到比高利贷还要高的利润。迈太这次进当铺的奖品是，迈克往她的账户里打了一百万，是这笔生意赚的。

迈太问，为什么现在当铺里，都不见那些穷人了呢？

迈克答，都几百年了，该饿死的全饿死了，所以当铺里就只剩下富人了。

画钱

坐拥整个企业的富人，他们零用的现金，常常还不如一名个体劳动者。

就像迈克事务所账面上的漂亮数字，很多时候只是一个周转的符号。今年夏天，当迈太为清凉新品着迷，一连买下二十双名牌凉鞋时，迈克却因为没有现金，错失了宝马的新款清凉敞篷，哀怨得一塌糊涂。

更令迈克目露凶光的是，有一名属于个体劳动者的画家廖，正与美丽的迈太火热交往，据说他随便拿些墨汁往纸上一泼再一描，这张纸就能卖十万二十万，比直接画人民币还轻松。就算你弄到中国人民银行的批文，画出的人民币可以作数，一百元一张地画工笔，画出二十万也需要几个月吧。

最气人的是，这些还都是现金。不用担心应付账款，不用考虑公司运营成本，不用拆东墙补西墙地保证现金流，他画完了就兑现，兑现了就走人，啥时候缺钱了再画。而且他只需要无所事事地磨蹭下去，就会一天比一天更能赚钱，因为画家越老，中国画就越值钱。

迈克痛心地认为，这样就能画出钱来，简直是对华尔街和福布斯榜的最大侮辱。

某天午后，迈克走进会所咖啡厅，正好听到了画家廖和迈太的对话。

迈太显然对画家自夸的辉煌不甚了了，她傻乎乎地问画家，您真的很有名吗？

画家廖故作平淡地答，打个比方，我就是中国画界的崔健。

从这一天起，迈克忽然开始研习中国画了，在他半个篮球场大小的办公室里，常常墨香横溢，宣纸翻飞。对外，他声称自己开始修身养性，对内，他向亲爱的迈太，倾诉自己心中美妙的远景——如果我的画每尺可以卖到两万元，画最大尺幅的画，再把五六张叠在一起一次画，就这么一挥笔之间，我每分钟赚钱的速度将超过比尔·盖茨！

迈克的心愿很快奇迹般地达成了。

在处理一个公司的破产清算时，迈克找出了他们仓库里的一些藏画，准备拿去拍卖，或者直接给债主抵债。其中一家债主公司的张董，正是迈克的朋友，顺道就到迈克的办公室来挑画。只听张董惊喜地说，就是这四幅画了，抵欠我的六十万，怎么样？

这四幅画之所以被一眼相中，是因为在一大堆花鸟虫鱼中，这些画画出了唯一张董熟悉的内容，它们分别是，游艇、公务机、高尔夫球包球杆，还有宝马今年的清凉敞篷新款。

原来，张董看到的是迈克自己的习作，它们正好摆在那些藏画边上。画家廖的十几幅大作，被张董翻检过后，此刻正狼狈不堪地被丢在一边。

　　某天午后，迈太走进会所咖啡厅，听到了迈克与一个漂亮女孩的对话。

　　女孩傻乎乎地问迈克，您画画真的很有名吗？

　　迈克答，打个比方，我就是中国画界的周杰伦。

女孩傻乎乎地问迈克，您画画真的很有名吗？

迈克答，打个比方，我就是中国画界的周杰伦。

迈太坐地铁

最让富人感到满足的，往往不是账户上多了几千万，而是享用到公共事业中的一个穷人的福利。

某个阳光普照的中午，迈克从柔软的床褥中醒来，发现自己的上班倦怠症再次复发了，不想起床，不想下楼。而最令他难以忍受的重复，就是来到车库再次发动座驾，稳妥地驶出车位，灵巧地转身开上马路，不停地交替踩油门和刹车，跟在一大堆车屁股后面，最后好不容易到达公司楼下，还要倒车停妥——这简直是一个车床工人的例行工作啊。

迈克出门时一脸抑郁的神情，深深留在迈太的心里，有如不祥的阴影，挥之不去。

迈太担忧地电话询问，哈尼，你到办公室了吗？

出乎意料，电话那头传来了迈克情绪高昂的声音，嘿，哈尼，今天天气真好啊!

原来,迈克下楼以后,忽发奇想,没有去往车库,却一个人闲逛上街,正好看见一辆空调大巴稳稳地停在面前,他就举步迈了上去。

迈克的幸运是,他没有在高峰时间登上公交车,所以他愉快地发现,以往自己辛辛苦苦一步一挪开过的路,如今轻轻松松坐在宽敞的座位上,就能安然驶过。窗外风景旖旎,让他得以尽情欣赏,车内空调四季如春,更时有民间草根美女上上下下,莺歌燕舞,实在有趣。最让他满足的是,这辆大巴从家门口,一直把他送到公司楼下,居然只花了两元钱,真是比汽油费还便宜啊!

迈克由此惊觉,公共交通竟然这样维护着穷人的出行,富人平时上缴的税收,一定有多半用在了这儿。发现了这个秘密,让迈克欢喜莫名,想到今后可以常常享用这项福利,他一个人坐在老板台后面,偷偷地露出了笑意。

迈克的朋友布赖恩有一句名言,时时挂在嘴边——免费的空气,免费的阳光,免费的风,穷人能享受的,我们也能享受。最近,他又发现了一桩免费的好东西。

布赖恩总是抱怨家中的厨师手艺不佳,所以每天傍晚,都习惯到半公里之外的一家汤馆,去喝一盅高汤鱼翅。这样的距离,路上开一会儿,大部分时间都用在倒车和停车上了,而且在街上只停一会儿,就要收停车费十元。

这一天,布赖恩在窗口看着保姆买菜归来,忽然对她的自行车发生了兴趣。布赖恩骑上了保姆的小破车,咯吱咯吱去往汤馆。一路上,免费的小风轻拂，免费的公共道路平坦，免费的路灯初上光晕迷离，免费的青葱岁月回忆种种，随着久违的交通工具，一阵阵甜美地涌上心间。其间最痛快的莫过于，这辆破车停在店门口，竟没人有兴趣上前收停车费。

骑自行车去喝鱼翅盅，从此成了布赖恩的新乐趣。每次归来，他的脸上都显出分外满足的表情，当然不是对高汤鱼翅，而是对于免费的行程。

布赖恩最近总算放弃了借用保姆的自行车，他自己买了一辆。按他的特殊要求，太太为他找来了一辆几乎绝迹的永久28型男车，换上了崭新的轮胎，还是体健貌端的样子，算是满足了布赖恩享用穷人福利的完整心愿。

说到迈太最热爱的福利活动，则是坐地铁。

在城市底下穿梭，风景站站不同，其中乐趣，正如地铁站墙上刘德华的广告语：未曾经历，如何懂得。当然最吸引人的，当数刘帅哥的俊脸铺天盖地，令冰冷的地铁线豪情壮志，柔情万种，令迈太流连忘返，一步一回头。

更值得一记的，是迈太每次打扮一新坐地铁，都会遇到星探们的无数次拦截，什么亚洲艺员网、模特经纪公司等等，迈太以此沾沾自喜，把地铁之旅，视作自己生命中不可忽略的闪光。

直到有一次，她穿了全身皮毛出行，被一个清秀帅哥拦下。那个帅哥一言不发，只默默塞给她一纸广告，上书，宠物医院。迈太愤怒地诘问道，我看上去像一只生病的宠物吗？自此，恢复牛仔夹克出行。

迈太在享受地铁穿梭的乐趣的同时，半年中共被窃手机三部、钱包两个，每天坐地铁上下班的朋友们，都无出其右。

迈太问这些朋友，我穿得甚至比你们还朴素，为什么小偷就能认出我是富人呢？

　　朋友们答，因为大家都行色匆匆，一脸赶路相，唯独你的神情，就像来参加嘉年华。

遛狗遛猫遛孩子

每逢天气晴朗的周日，当人们想外出散散步，有两种生物会被一起带到室外，用作炫耀。通常，穷人的小区里遛的是孩子，富人的小区里遛的是狗。

在杂乱的市井间，遛着孩子，绝对是件非常风光体面的事情。每个孩子脸上，写着他们父母的基因，穷人最大的乐趣，就是听见别人说，这孩子可真像你。一时间，天崩地裂，心潮澎湃，要知道，穷人延续个基因，多不易啊。

要是还在以前，凭物竞天择的自然规律，没有体恤普通雄性的一夫一妻制，哪里还有剩下的女人，光为了图一个明媒正娶，就委屈嫁给了穷人。那时候也没有社保补贴，就算生下来，养不起还是白搭。所以说，穷人怎么能放弃炫耀孩子的机会呢？这不仅是自己基因的幸事，更是社会慈善事业进步的成果啊。

在高尚住宅小区里，你可千万别一时兴起，亲自去遛孩子，这会让你在光天化日之下，被归入娘姨奶妈的行列，以后遇见小区保安，难免会被吆来喝去，审查再三。

要遛你就遛狗，而且还得遛奇形怪状的狗。

迈克走路从不向下看，因为肚子的阻隔，垂下眼睛也看不见地面。有一天，当他像一台推土机一样，散步穿过小区草地时，突然有一个娇小的美女，尖叫着扑进他的怀里。迈克正暗自庆幸艳福无边，就听见那个女人嘶声叫骂，你走路不看地上的吗？要不是我拦住你，你早就把我的咪妮踩成肉酱了！

迈克这才在草丛里发现了咪妮，它小得可以放在手掌上，如果没有那对大大的尖耳朵，实在酷肖一只老鼠。迈克心道，我就算看见了，也难保不把它当成老鼠故意踩死。

迈克上楼，还兀自沉浸在刚才美女的一抱中，就听见迈太嚷嚷道，小区里有狐狸精！

迈克听闻此言，一身冷汗，连忙辩解说，我们没什么的。

迈太道，什么没什么啊，隔壁张太的那条狗，活脱脱就是一只狐狸，不信你去瞧瞧？

迈克见过那条狗，百分百狐狸的身材，万分妖娆，是以迈克每次见到，都暗自祈祷它能化作聊斋中的小翠，夜半也能上他书房一叙。

狐狸的美梦还没醒，小区里新添了一辆悍马越野车，车窗上贴着：熊出没。这妖异的字出现没多久，迈太就神秘兮兮地对迈克说，这里好像真的有熊出没。

迈克果然亲眼看见了那头熊，一身雪白的毛皮，雄壮得很，站起来有一人高。在周日晴好的午后，巨大的白熊，就这样旁若无人地在小区里散步，一脸天真欢跃的神情。它的脖子上拴着狗项圈，一边走一边不停地流口水。它那同样身材威武的主人，牵着它，趾高气扬地走在身后。

最让人感觉恐慌的，还是一条号称德国黑背的大狗。当迈克和迈太手挽着手，在月圆之夜散步，就看见那条狗矫健而阴冷地默默走着，两眼闪着森森绿光。迈克警惕地注意到，它的尾巴居然不是欢快地卷翘着，而是居心叵测地垂在身后。

夜深，忽然听到一声怪叫，几近狼嚎。迈克从被褥中翻身惊起，对迈太说了一句埋藏在心里很久的话——那些没良心的宠物商，他们不会把一条真正的狼，当成狗卖出来吧？

迈太问迈克，为什么富人都不遛孩子，爱遛狗呢？

迈克答，富人是以上帝自居的，只有最驯服的狗，才能让他们找到感觉。不像他们的孩子，即使有保姆管着，也常常闹得他们颜面无光。

迈太说，但是他们的狗，全都不像狗。

迈克答，因为他们没办法把万物变成狗，但是他们可以打造一个世界，让狗来扮演所有的角色，俨然自己也就成了万物之首。

所以，最值得炫耀的狗，一定是最不像狗的狗。

可惜迈太没有富人秉性，不爱狗，偏爱猫。正如迈克所言，养猫有如娶到一个文艺女青年，你养着她，她却把自己当主人，不高兴了照样要脾气，就算高兴了也是要你理她，这是穷人才干的傻事。是以迈太偷偷养了猫，却不敢抱出来见人。

　　这一天，迈太的爱猫终于曝光。她抱着猫咪出门，不幸在电梯里巧遇张太。张太把一张大脸凑到猫咪脸上，细细端详了半天，然后惊喜地说，你养了这么名贵的小狗，怎么也从不带出来？你看你看，这多像一只猫啊。

亲水亲山亲别墅

夜半月光下，迈太在城市的嘈杂中醒来，忧伤地对枕边的迈克诉说，哈尼，我刚刚梦见我们俩睡在水边，那是很蓝很静的水，轻轻的水声像是心灵的按摩师。

迈克动情地回答说，哈尼，我也做了相同的梦，我们在闹市住得久了，不如再买一栋风景宜人的别墅，搬过去住一阵吧。

第二天，迈克吩咐助理搜集最近的别墅动向，原来最近真的流行亲水别墅。迈克不由洋洋得意，连做梦都和时尚同步，自己的品位看来已非同一般。

循着助理筛选的别墅名单，迈克和迈太驱车游弋，忽然发现城里居然一夜之间，多出了无数水域。有的别墅在阳台下特地挖一条阔版阴沟，灌上自来水，是为湖景房。有的别墅区中央砌一个浅到脚踝的小池子，自来水从玻璃幕墙上缓缓流入，名曰风生水起。有的别墅号称傍河而建，据说特别挖出了一条护城河，迈太穿着纤弱的高跟鞋，轻轻巧巧就跨了过去，在对岸对迈克回眸一笑说，这河只能招蚊子。

迈克叹道，有水和无水真是个悖论。以前房产商为了多卖几个平方，城里填了多少河。今天他们只要用水灌出一条小溪，房价立马翻番，等于又多卖了一倍的房子。

失望之余，迈克决定带迈太去看一处海景房。他琢磨着，能自称大海的地方，总不至于水还不够装满一个浴缸吧。车子穿过城镇郊区，只听见迈太一声欢呼，那个自诩为碧海金沙的别墅，真的浮现在一片金色的沙滩上，虽然再远处，看上去像是泥浆水的颜色。

别墅销售人员殷勤地介绍说，这沙，是我们特地从海南岛运来的，让这个楼盘充满了海南风味。

迈太问，那你们现在手忙脚乱地种树，又是干吗呢？

一对正大包小包搬家离开的夫妇，从商务车里伸出脑袋，接口说，因为这儿只要一起风，就有北京风味的沙尘暴。

当迈克和迈太对水畔之梦失望以后，他们的梦境也发生了变化。夜半，迈太再次在城市喧嚣中醒来，对迈克说，哈尼，我梦见我们睡在山野间，鸟声啁啾，可爱的松鼠在眼前蹦跳。

这次，迈克和迈太终于如愿以偿地找到了一处山间别墅，在半山的树林间，全开放的阳台，矮墙的院子，可以和自然充分接触。别墅销售员说，各位的身家我们都了解，您不用担心任何安全问题，阳台栏杆和院墙上都安装了最先进的红外线防盗技术，您尽管拥抱自然，保证一只蚊子都

迈克决定带迈太去看一处海景房，他琢磨着，能自称大海的地方，
总不至于水还不够装满一个浴缸吧。

飞不进来。

　　不过，红外线系统，很快就被业主们主动要求关闭了，只因为这里可爱的松鼠太多，当它们在院墙上欢跳的时候，保安跳得比它们还欢。

　　又一个夜半，迈太在异响中醒来，她轻声对枕边的迈克说，哈尼，他又来了。

　　一个衣衫褴褛的男人，轻巧地翻过亲近自然的低矮院墙，吭哧吭哧地在地上挖出几只野萝卜。迈克和迈太一同屏息静气，在他大模大样地翻墙离开之前，不敢弄出一点声响。

我心战栗

　　富人都是心理上的受迫害妄想狂，相信我，他们内心演出过的惊险，远远超过一部满是凶杀和绑架的美国大片。

　　迈克与朋友的闲聊热点，除了高尔夫、游艇、夜总会的女人与新投入的流水线，更恒久的主题就是道听途说的灾难。

　　某天威尔逊带来了一个大新闻，一场建筑工地的暴乱。

　　斑马贸易公司的董事长雷蒙德不知怎么参与投资了一个外地房地产项目，那一天正好出差路过，项目公司的两位经理特地陪同他前往工地参观。谁成想建筑队欠薪已久，积怨爆发，恰恰就在当时罢工示威，并且拿着一干工具在威逼工头，正僵持间，就看见大人物的车队到达，工人们想，既然工头做不了主，不如直奔貌似最能做主的。

　　雷蒙德因此惨被扣留了十几个小时，直到他的一干随从和项目公司的经理，筹措了足够的薪水来交给工人。据说爱好禅学的雷蒙德，独自在阴暗潮湿的工棚中，以坐禅平定心境，足显董事长的大家风范，不过那些斧头镰刀和散发着可怕汗味的粗壮胳膊，还是严重伤害了他脆弱的小心灵。

迈克不服气地说了另一则故事，毕竟作为律师，他对灾难的信息应该是最有发言权。

他说的是众人景仰的浙江富豪萧元好。可怜的老先生平日被保护得好好的，连脚指甲都有最信任的人执刀修剪。然而正逢那一天，销售部和市场部的经理起了冲突，下面一些好事的死党跟着起哄，本来这与萧元好也毫无关系，因为他远在另一级别的楼层。但是正巧老先生经过那个楼面，听到嘈杂声想过去看看，结果一个烟缸不偏不倚飞来，打中了他的脑门，站在他前后左右的随从共六名无一有此殊荣。

萧元好高龄之躯，当即被送进医院缝了四针，请了两个护士贴身伺候，躺了整整两个礼拜，所谓飞来横祸，是之谓也。

听毕迈克和威尔逊的最新灾难信息，像往常一样，餐桌上白皙肥圆的男人们陷入了唇亡齿寒的深重忧虑中，虽然他们可能一辈子也没遇上过任何小小差池，甚至连小时候跑步也没磕破过膝盖。

同样的，迈太身在的太太团，所谓"女孩间秘密"的下午茶谈话，一个重大话题也是可怕的受侵害的八卦。杰西卡这天又带来了一个耸人听闻的消息，就在与她住所相邻的另一处高尚社区，传说刚刚发生了一起物业人员入室杀人的案件。

就是那个什么国产服装品牌的女老板，单身女人，有十几间连锁店，据说还跟我们都认识的马修做过生意的耶！为了凸现灾难的真切与近在身边，杰西卡放下茶盏，放下搁起的两条玉腿，高跟鞋支地，上身略微前倾，字字铿锵地向大家交代了死者的身份。

凶案是有预谋的，那个物业人员找了另一个朋友帮忙，凭着他对女老板生活习惯的了解，在夜晚某时，两个人都穿着物业制服，按了她的门铃，然后把她捆绑起来，逼她讲出信用卡的密码，一个留下来看着她，一个出门提钱，钱到手后就杀人灭口。

说到这里，杰西卡对结局开始犹豫起来，是先奸后杀呢，还是就这么杀了。

众人异口同声地强调说，当然会是奸杀的了。然后对杰西卡投去了不满的目光，她怎么可以对一个女富人的容貌这么没信心呢！

一周后，迈太在珠宝店巧遇杰西卡，只见她身边多了一个周身迷彩服的彪悍男子，迷彩服背后还赫然印着巨大两个字——保镖。

迈太问杰西卡，这两个字……

杰西卡说，警察不也在背后写着——警察，这叫威慑力，不战而屈人之兵，谁知道真的打起来他能不能赢。

迈太说，我有个更好的主意，你让他像天桥上的广告员一样，戴上墨镜，背上竖一个电视屏幕，里面循环播放李小龙的电影，保证更有威慑力。

迈太相信，是富人莫名其妙的受害妄想，造就了保镖这个行业，并且导致大批武林好手，最终患上缺少活动造成的腰椎病和颈椎病。

萧元好在额头受伤之前，就拥有两个保镖，职位分别是第五秘书和第六秘书。萧翁的第一秘书是头发灰白的长者，协助企业管理；第二秘书是八面玲珑的中年男人，安排萧翁社交事宜；第三秘书是端庄细心的女孩，负责办公室与文本；第四秘书是耐性伶俐的男孩，萧翁的管家。前四位活动筋骨的机会，都要远远多于肌肉健硕的后两位。

在萧翁额上的伤口愈后不久，他又增添了更威猛的第七和第八秘书。

迈太曾多次看到他们伫立于萧翁身后，在没有情况的时候，保镖最佳的表现当然是时时刻刻保持纹丝不动，宛如街头铜质的城市雕塑。有时他们恨不得冲上去，拍死一只逼近萧翁的苍蝇或蚊子，他们甚至企望着被派去做萧翁太太的保镖，这样他们至少还有机会在妇女的尖叫声中，舒展一下腰腿脖子，剿灭几只蟑螂。

恐惧像时尚的空气一样在富人中间传染。

迈克新近也雇用了两个保镖，黑墨镜黑西装黑领带黑皮鞋，迈克喜欢的Style。有一回迈克乔装随迈太上街逛小店，可是安全问题无论何时都是必须考虑的啊，尤其是在杂乱的场所，迈克坚持要带上保镖。

半途迈克内急，去往公厕，两个保镖非常职业化地先进公厕清场，然后在厕所门口一左一右肃然站立等候，此刻，迈太仿佛置身于美国警匪片的情景，而迈克俨然电影中那个反派第一号的东南亚毒枭大佬。

由此，迈太豁然醒悟，大佬总是保镖成群，而与之针锋相对的英雄永远是没有保镖的，即使他们每天在枪口和刀子底下过日子，他们不怕缺胳膊少腿，不怕疼，不怕死，所以，自古英雄的名单上只有穷人，没有富人。

豪仆

在迈克夫妇居住的高尚小区，你常常分不清，谁是保姆，谁是主人。

两位女士同样衣着光鲜地走出电梯，穿得不合身的是主人，穿得合身的是保姆，因为主人总是把穿不进的衣裳给了保姆，勉强还穿得上的，自己再坚持一段时间。

三个人结伴在小区中走过，一男两女，最对不起视觉健康的当然是那位男士，比较养眼的女子，是女主人，最养眼的女子，是保姆，因为太太是可以挑的，却不可以换，保姆是可以不断精选的。

四张熟脸提着菜篮走进豪宅，至多只有一个是保姆，三个是对保姆买菜存怀疑态度的老太太和老太爷。

五个骄傲的灵魂次第走下商务车，最桀骜的那位是保姆，其次是两个孩子，唯唯诺诺的是主人夫妇俩。

伊丽莎白每每心满意足地对迈太说，没有一个地方，比中国大陆，更能让你生活得像个地道的富人。我在美国时，用一个普通的保姆，至少每个月要花费两千美金。到了香港，请了菲佣带孩子，我没有休息日，菲佣铁定准时上班下班，还要双休，动不动就有工会来找你理论。相比之下，这边的保姆，真是太让人惬意了。

其他富人都存着这样珍惜的态度，迈太自然断了要与保姆理论的念头。

于是，每天下午你都能看到这样的场景，迈克夫妇家那个出奇唠叨的保姆，像一个更年期的妈妈一样，一边干活，一边述说她家中的琐事，而她目光所及之处，迈克和迈太还不得不频频点头。谁都知道这个道理，在晚饭还没有开始前，你千万别惹厨师心情不好，正如你想要在餐厅找茬，也得等到安全吃完了整桌酒席。

等保姆收拾好晚餐桌，刚一走出门外，迈克就抓狂地对迈太说，哈尼，我一直嫌你啰唆，是我错怪你了，跟她比起来，你简直称得上娴静、自闭！

迈太深知，生活在这个小区，主人的压力比保姆更大。如果你与一位保姆同乘一部电梯，她的目光停留在高于额头的地方，浑不理人，那么她这家主人的表现应该是出色的；如果她殷勤地对你微笑，问你几楼，并主动让你先行，这家主人的麻烦显然已经近了。

隔三差五的，迈太都会遇见这样的状况，不知哪家的保姆媚笑着对她说，小姐保养得真好，平素一定不做事的吧，我在二十九楼帮忙，你在几楼啊，你的口袋，我帮你提一会儿吧……你们家请人吗，两千元一个月，我每天来做四个小时。

到了迈太家的二十一楼，保姆一个箭步冲下电梯，扶着电梯请迈太下，乐颠颠地跟在迈太背后说，要不，我到你家看看？

迈太尴尬地阻拦道，不不不，我家已经有保姆了。

保姆莞尔一笑，没关系，我们还有几个姐妹，分别在十七、十八、二十七楼做，你可以挑挑看的，我们待会儿就一起过来。

少顷，门铃响，一群保姆不由分说地夺门而入。

迈太由此受教，在这样主人竞争激烈、条件水涨船高的豪宅里，千万不能让保姆受一星半点委屈，即便如此，九成的保姆依然向往跳槽，仁政与暴政的结果总是一致的。

秋高气爽，物业向家家户户分发通知，是居委会组织的周庄一日游。迈太说，发这个做什么，有人会去吗？物业答，当然。

翌日，大巴到小区接人，居委会阿姨点名，可怜一位位富豪芳邻的大名如雷贯耳，应答的却是一张张熟悉的保姆面孔。只见保姆们人人手持一张主人的户口簿，越俎代庖，争相登上大巴，喜滋滋绝尘而去。这一场景不知怎么的，就让迈太想起了《格林童话》中比较恐怖的一个篇章，《牧鹅姑娘》，阴险凶恶的侍女在送亲途中，强迫公主和她互换衣裳，代替公主嫁给了王子，让公主沦落去河边牧鹅。

童话近似谶语，像伊丽莎白夫妇一般忙碌的富人们，一天有十几个小时以上在外面工作，回家吃了饭就匆忙洗洗睡了。而他们的保姆一个人在豪宅里，整天自由自在，坐真皮沙发，看背投电视，听进口音响，上有中央空调，下有地暖，接待老乡来访，试穿礼服睡衣。谁是公主，谁是侍女？

有时，望着小区里保姆们青春欢乐的身影，比主人更肆无忌惮地享受人生，迈太不禁思忖，如果当时没好命嫁给迈克，随便去做个富人家的保姆，日子也能一样过得很迈太。

更何况，做保姆，在精神世界中有望走得更远，她们可以选择像简·爱一样，树立自尊自爱的传世芳名，也大可以像贝克汉姆家的吉布森一样，既有幸一亲帅哥芳泽，又能出卖主人的家庭隐私，名利双收。

绝望的公告牌

迈克夫妇豪宅那光辉鲜亮的大堂里，立着一块造价不菲的公告牌，是用整块的大理石镂空而成的，周身金箔镶嵌，据说镜框里镶嵌的还不是玻璃，是水晶。

作为一名文艺女青年，迈太秉承着有字必读的条件反射，所以即使是这样一块铜臭满身的公告牌，里面更换的纸张和文字，依然每天延搁着迈太返家的脚步，流连一阅。

曾有一张公告这样写道，题：关于禁止从高空任意丢弃垃圾的通知；正文：鉴于近日多家低楼层业主反映，本豪宅高楼层业主有任意往窗外丢弃垃圾的习惯，严重影响低楼层业主优雅露台的美观及居住的精神健康，本物业管理集团经调查研究，严肃诚恳地做出以下公告，从即日起，禁止向窗外丢弃沙发靠垫、水果皮、还在燃烧的烟头、内衣裤、已经使用的卫生纸、湿袜子、烧烤用毕的铁扦、古瓷花瓶等物，再经发现，将依法取证追究责任。署名盖章：高尚物业管理集团。

迈太觉得，这家名为"高尚"的物业管理集团在富人面前，是不卑不亢、极富正义感和勇气的。诸如迈太常常会读到这样的公告，题：关于为业主共同利益考虑的通知；正文：鉴于本豪宅的部分业主工作繁忙，已有半年未至管理处缴纳物业管理费，致使本物业集团日常管理和维修费用出现困顿，长此以往，必将影响豪宅业主的共同利益，请各位业主择日遣人至管理处付款，此举一片公心，当受公众爱戴。物业集团署名，公章。

数月后，公告又为，题：关于加强为业主做好日常服务的通知；正文：鉴于本豪宅的部分业主日理万机，已有一年未至管理处缴纳物业管理费，本物业集团反躬自省，觉此乃管理处工作人员服务意识不强所致，因此本集团决定，从即日起，由工作人员上门收取管理费，并由财务人员当场开具发票凭证，免各位业主往返奔波之累。

转眼四季交替，迈太看见公告栏里，物业终于换了脸色，题：关于起诉长年拖欠物业管理费业主的通知；正文：鉴于本豪宅部分业主拖欠物业管理费，拒不缴纳，两年有余，管理处人员上门服务，多次遭贵爱犬袭击，本物业集团在向各户严正发出律师信后，仍没有回复，兹决定即日起向所在地人民法院提出起诉，若各位业主乃一时疏忽耽误付款，可联络管理处人员补交，相关起诉将随即撤销。

很快，这张公告边上多了一张补充公告，题：关于业主反诉物业管理费违反物价管理条例的通知；正文：鉴于本物业集团对部分业主的起诉遭到了反诉，业主向法院主张，重新按国家物价管理条例，审核本物业集团

63

制定的收费标准，并且对当初与本集团签订的合约表示质疑，各位业主可候法院正式判决后，再缴纳管理费。

公告文尾不知是疏忽，还是太沮丧了，公章都没盖。

又是数个月后，迈太注意到，判决有了结果，公告栏里欢欣鼓舞地贴上了判决书，还有物业的又一份公告，题：关于法院判决业主支付管理费的通知；正文：鉴于法院已有判决（见左侧判决书），望各位业主及时缴纳拖欠了两年半的物业管理费，谢谢。

自此，再次冬去春来，待迈太几乎忘记了这回事的时候，有一天，她忽然看见公告栏里，再次有欢欣鼓舞的公告出现，标题为红色的三个大字，好消息！正文：鉴于本物业集团致力于为本豪宅各位业主竭诚服务的心愿，即日起，管理处已增设银联存款机和提款机一台，方便各位业主在刷信用卡支付管理费后，可及时补入现金，不信任刷卡的业主，可直接提出现金支付管理费。望各位业主在百忙之余，切勿忘记拖欠了三年的物业管理费。集团董事长顿首！

迈太这才想起回家问迈克，哈尼，咱们家的物业管理费交过了吗？

迈克头也不抬地答，当然没有。

迈太惊呼，哈尼，咱们天天被公告牌威逼利诱、软硬兼施，你居然从来面不改色？

迈克说，这就是富人必要的一项修养，生意靠的就是现金周转，周转靠的就是拖欠一切可以拖欠的付款，拖欠靠的就是对债务泰然处之，不惊不怖不羞不怒。就我对楼下公告牌的观察，咱们豪宅，实在不愧为富人的居所！

这就是富人必要的一项修养，生意靠的就是现金周转，周转靠的就是拖欠一切可以拖欠的付款，拖欠靠的就是对债务泰然处之，不惊不怖不羞不怒。

万众景仰的罪人

再说迈克夫妇豪宅大堂的公告牌上，某日起，大理石镜框的水晶镜面后开始嵌入各类广告，右下角附有物业公告一则——

题：关于在此发布广告盈利的通知；正文：鉴于豪宅广大业主数年内对支付物业管理费一事保持缄默无为，本物业集团即日起决定，向社会广告商开放此公告牌的广告发布，收取的发布费用扣除广告代理费，将悉数用于贴补物业日常开支。署名盖章：高尚物业管理集团。

迈克阅毕，对迈太说，瞧瞧，欠账不付是多么优秀的行为啊，一方面造就了富人的现金流量，一方面磨炼了债主们的意志，让他们先有了涉足商场的心理承受能力，继而有了法律常识，终于开发了他们多种经营的思路，懂得了从愿意付钱的人身上找资源，这就等于带领他们一同走上了通往富人的康庄大道。

果然，这块公告牌上的广告从品质混乱的小家电、杂牌美容院、干洗店之类，渐渐发展为让太太团们流连忘返的高档化妆品、珠宝、手表等国际品牌，为此着实增加了信用卡的使用频率，连一向清心寡欲的迈太，都因此花掉了迈克不少银两。这番广告效果算是激怒了先生团。

不多日，只见公告牌上绚烂广告，蓦然被两份肃穆的文件代替，令人心惊地一扫公告牌近日里的娱乐气氛。

其一为物业公告，题：关于被迫暂停在此发布广告的通知；正文：鉴于日前业主向法院起诉，控告本物业集团非法接受广告之投放，蔑视本豪宅广大业主之主权，兹决定从今日起，暂停此公告牌的广告业务，等候法院裁决。署名盖章：高尚物业管理集团。

另一为法院传票，附业主慷慨陈辞的起诉状。诉状称，公告牌乃业主之私产，豪宅大堂乃业主之私产，岂容物业擅自经营牟利？不要说堂而皇之在大堂发布广告，就算移出大堂，小区庭院亦为业主之私产，就算移出小区，公告牌仍为业主之私产，就算留下公告牌，公共道路乃国家之公产，更不容肆意经营牟利！在此要求法院基于正义，责令物业立即停止侵权行动，并向业主赔偿主权损失、消费损失、精神损失云云。

太太团怅然若失，好在公告牌的素白，和她们内心的苍白，并没有持续多久。几个月后，公告牌上缤纷的广告，伴着物业一份有气无力的公告，重新开张——

题：关于在此经营广告并向业主缴纳月租的声明；正文：鉴于法院近日宣判，本物业集团侵权，须向业主赔偿巨额损失……鉴于在此诉讼期间，各大广告投放品牌由于本集团单方面中止发布，也陆续向法院提出起诉，要求违约赔偿金……鉴于本物业集团刹那间成为众矢之的，且确无力承担诸多赔偿……兹蒙本豪宅众业主宽容大度慷慨仁慈，终于协商决定，由本物业集团自豪地向业主租赁本豪华公告牌，及公告牌所在之豪宅大厅土地，按月向业主支付租赁费用，从而得以继续履行目前的广告投放合同，并进行下一步广告招商，以获利逐步清偿赔款。集团董事长顿首，再顿首……

迈克对迈太说，瞧瞧，欠账不付是多么化腐朽为神奇的行为啊，从我们业主拖欠物业管理费坚持不懈至今，高尚物业管理集团已经从一个恭敬的服务者，变成愤怒的讨债者，继而变成卑躬屈膝的讨债者，无望的债主，自谋生路的债主，最后竟乾坤倒转，听任我们摇身变成了债主，而他们成了勤恳的佃农打工者，每个月向我们还债缴费。

没错，欠账就是富人智慧的结晶，而且，这也是富人的专利，你越富，越有资格欠账。

比如说，要欠办公用品的账，你多少得有个公司，才有人给你送货赊账，否则你就是买一支2B的铅笔，也得巴巴跑到文具店柜台掏钱包，收到一大堆硬币的找头也不能抱怨。

至于能够欠账几千万几个亿的，那绝对都是有头脑、有名望、有信誉的大佬们，他们早就摆脱了向哥们借两千元应急，却被哥们的太太一哭二闹三上吊而弄破灭了的命运。

在物业沦为佃农后不久，迈太看见公告牌的广告边上，出现了一份不相干的法院公告，盖着触目惊心的大红戳——

题：公告；文：原告彩虹纺织品有限公司，诉被告钱路易（住址：豪宅路100号豪宅阁18A座）历年拖欠货款、加工款、代为支付的原料款、运输费，令该公司陷入困境。本院在传票无法送达的情况下，缺席审判，现判决如下，判令被告返还原告各项欠款及利息，共两千三百六十七万九千四百一十三元一十三分整。因判决书仍无法送达，特此公告。

有着与原告相似心灵创伤的高尚物业管理集团，似乎对这则关于本豪宅业主之一的公告，特别欢欣鼓舞，优待地把它放在了最显眼的左上角，同时矜持而窃笑地保持沉默。

然而，物业的险恶用心，完完全全地落空了。这份公告不仅没有让被点名者蒙羞、让广大业主们的士气受到打击，相反，这令公告上身负巨债而兀自从容、不收传票、不收判决书的传奇钱路易，一夜之间成了众人景仰的明星。

某个周末，迈克和迈太在电梯里，偶遇一位陌生的芳邻。当看见这位文质彬彬的中年人伸手按下了18楼时，迈克忽然敏感地意识到了什么，激动地问，您，就是钱路易先生吧？

就在这位芳邻点头的一刹那，同在电梯里的另两位先生，如触电般热情地围过来，紧紧握住了钱路易的手，声音颤抖地齐声建议道——

今晚请让我们全体业主做东，邀您吃顿便饭吧，顺便，听您谈谈生意之道。

拉链带你环游世界

富人圈里，没有一位先生不仇恨钱路易，包括迈克。

这个新近到来的神秘家伙，一经露面，立刻把吸引女士聆听的风头悉数抢去。印度、柬埔寨、缅甸、越南、英国、法国、瑞士、埃及、阿尔及利亚、摩洛哥，这个世界上似乎就没有他不曾到过的地方。

按说迈克所在的富人圈，每个人都算是见多识广，钱夹里放着几张国际航空公司的VIP卡，心坎里藏着几个英航、维航的空姐情人，可是没谁能做到像他这样，说起世界的任何一个角落，都如同说起自家花圃的一角，连哪个街角的阳光几时爬过咖啡店的玻璃，也描述得绘声绘色。

如果他不是一个梦游者，那就一定是个被埋没的小说家。因为他常常能说出宛如与当地人生活在一起的故事，诸如一个摩洛哥少女向他求婚，逼迫他加入伊斯兰教，一个印度的老人，带他参加排灯节的庆典。

迈克觉得最可疑的还是，他居然还自称去过北非的很多地方。没事去南非旅行的富人着实不少，没事去北非走过的富人实在不多，尤其是摩洛哥这样的地方，他去那儿干什么？去卡萨布兰卡寻梦不成？

不幸的是，钱路易环游世界的绚烂经历，还是深深吸引了迈太。要知道，迈太的梦想，就是徒步环游世界，生活在异国的各个角落。于是，迈太开始迷恋于天天下午茶时间，与钱路易闲聊个把小时，听他讲在各地遭遇的趣闻。

因此迈克更坚定地声称，钱路易一定是个骗子！众先生欢快地附和。

迈克警告迈太说，你看他一副商人相，一个啤酒肚，一副软趴趴的身体，高尔夫都打不完全场，他可能是个浪迹天涯的徒步主义者吗？他就是有流浪的体力，也没有这么多闲钱和时间，他总不见得是靠步行发电，来跻身富人圈的吧。

迈太说，为什么他不可能是天生有钱呢？

迈克狂笑道，我比他更像天生有钱的。

确实，钱路易举止粗鄙，时常穿得上衣和长裤彼此谁都不认识谁，伸出一双手拿咖啡杯时，指甲里的泥，堪比咖啡醇黑，至于拿着勺把咖啡喝得像一碗美味的罗宋汤，这只是他许多生活习惯中微不足道的一种。

迈太又不甘心地说，为什么他不可能是周游世界的艺术家呢？

话一出口，迈太自己都后悔了。

不过迈克并没有完全说服迈太，相反，激起了迈太对钱路易更多的好奇。如果他是一个骗子，那是多么神奇的创造力啊，迈太想，正好可以发展他当个作家。如果他竟然不是骗子，那么一个庸俗的商人，怎么可以既潇洒行走于世界的各个角落，又不误了经商发财，这可实在是值得借鉴的一招秘诀……

于是翌日午茶，迈太小小地展露娇媚，温柔委婉地向钱路易发问，钱先生，我们这些小女子，好生羡慕你能够周游世界，但不知做什么工作，才能够走遍这么多地方？

关于生意的情况，钱路易是从不在人前提起的，不过当此时，午后阳光耀眼，眼前的美女更夺目，钱路易终于一松口道出了实情——

拉链。我是做拉链采购与推销的。

一刹那，迈太如醍醐灌顶，啊，拉链，多么细小而重要的配件，从时装裤到牛仔裤，从手袋到蛇皮袋，从帐篷到装尸体的口袋，世界的每个角落，再贫贱再富贵的人们，谁少得了这个玩意儿。

钱路易去东南亚和北非，可以面授制作拉链的技术，与儿童妇女老人们同吃同住同劳动，再一毛两毛讨价还价把拉链买回来，然后他去到欧洲，又可以挨家挨户推销，提供比当地廉价的配件。

越本小利薄、缺少技术含量的生意，越让你不得不走遍天涯海角，放足辽阔世界。像钱路易那样，做小生意要做到富人的级别，还不是得走完整个地球，才能赚到这么些钱！

试想，如果钱路易有些实力，当初不幸去从事房地产，一生能涉猎几个城市的项目？就算他富有到拥有一家航空公司，一生又能发展几条国际航线？

更难以想象的是，如果他更不幸地多了些文化，当初改实地采购推销为国际贸易，结果人生不免就是竟日对着电脑和传真机，在别人熟睡的时

72

候，享有一点时差的幻想罢了。

迈太回家告诉迈克，现在我总算知道，为什么我一直没法实现周游世界的梦想，原因就是，我太有文化，而你又太有钱。

迈克问，那你怎么打算？

迈太向迈克宣布说，我打算从今天开始，改行推销菜刀，我相信等我走遍世界以后，我实现了我的梦想，你也拥有了一个资产不菲的太太。

小富不安的西西弗斯

话说钱路易采购与推销拉链，足迹遍及全球，二十年漂泊终定居上海，带着足以让他跻身富人圈的资产，和足以让他赢得迈太青睐的一肚子故事。

于春日熏风阵阵的午后，迈太总是无限怅惘地眺望着会所玻璃外的一小片阳光，幽幽地问钱路易，世界另一头的人，他们是怎么生活的？

钱路易永远满头大汗地切着牛排，稀里呼噜地喝汤，一边嚷嚷着忙死了，一边开始讲那些异域的奇人怪事。

钱路易抱怨最多的，是印度、柬埔寨、泰国、缅甸、埃及这些地方，有一度，他的老板频繁与当地人合作开厂，而他被派遣一年走一个国家，为他们做拉链生产技术的培训。

迈太问，就做一下培训，需要一年这么久吗？

钱路易答，一年还不够呢，要不是我每次离开得恰好，在那儿住十年都未必够！

就拿接机来说，你的航班都降落两个小时了，接你的人才晃着两只手，不紧不慢地出现，这已经算很幸运了，没有把你晾在机场一晚上。

至于每天上班，大家就像到游乐场，早早晚晚不一定，看天气与心情，被老板开除也没关系，正好歇着，歇烦了再随便打份工，反正他们都相信，活着，就是等待灵魂归去的一天，在世的每一天怎么过都行，没忘了去寺庙神像前拜拜就好。

好不容易你凑齐了三四个心不在焉的工人，费尽九牛二虎之力让他们学会了摆弄机器，等你再找到另外三四个，把他们也教会了，一回头，原来这些人又把刚教的忘了个精光。你说一个厂好歹也有十几个人，周而复始，你永远教不会全部的。

这还不算，那边的电力供应，也和工人一样，想上班就上班，不想上班就自己放假，等你凑齐了人要上课，电又断了。

也许某一天，你终于教会了所有工人，如果你想当天晚上洗个热水澡，好好睡上一个懒觉，再坐下午的航班回家，千万不可以！因为第二天一早，很可能厂长就会来敲你的门，告诉你又有三个工人跳槽了。你最好在大功告成的当天夜里，就带着一身臭汗，仓惶收拾好随身细软，摸黑遁走，否则，你完全有可能一生留在那个国度，面授过全国的拉链工人，却至死没有能教会一个。

最惊险的，莫过钱路易的印度之行，据说由于十个月过去了，培训工作依然像一块跷跷板，没有搞定的迹象，最后钱路易向老板申请了四个培训师，一起来到厂里，同时教会所有的工人，一并飞快地撤离，不然，怕是钱路易现在已经在印度开枝散叶，子孙绕膝了。

钱路易长叹一声，归纳道，总而言之，因为那边的人太懒，所以才这么穷。

迈太问，那么发达国家的工人，应该是特别勤奋吧？

钱路易满怀尊敬地说，他们倒是很守时，上班守时，下班更守时，一年三分之一的休息日绝对守时，而且做每一件事情都出奇地优雅。

我在欧洲推销拉链时，就是去银行取一百元钱，都要等上大半天，不是因为像国内的银行，排着长长的队，那边的银行常常空无一人，但是你等的时间反而会超过排人肉长队，真是奇了怪了！所以，切记，在那些国度，要放慢你的呼吸，放慢你的新陈代谢，和他们保持同步，否则你一定会年纪轻轻就患上高血压。

慢到什么程度呢？钱路易举了个例子，如果在瑞士有一家技术含量相同的拉链厂，估计他们每个工人每月的产量，只有加工业密集型国家的十分之一。

迈太暗自庆幸，还好瑞士人选择了生产手表，而不是优雅地生产拉链，否则全世界兴许有九成的裤子因为拉链过于昂贵，改用纽扣封缄。

钱路易再次长叹一声，归纳道，总而言之，因为那边的人太富，所以才这么懒。

迈太问，照你这么说，富人和穷人都非常懒，世界上还有勤奋的人吗？

钱路易不假思索地答，当然有，中国人嘛！

勤奋是用十倍的效率去生产，让产品价格因此下降十倍，甚至更多。

说到这里，钱路易正好气喘如牛地吃完了最后一块甜点，他急匆匆地看了一眼手表，把杯中的咖啡一饮而尽，然后对美人连连作揖说，不好意思，今天又只能聊到这里了，下午有三个会在等我，我实在忙死了，没办法。

　　看着钱路易一路小跑离去的肥硕背影，迈太忽然悟到——

　　勤奋是芸芸众生中的非常态，是一尾快鱼游入一池慢鱼，足以让全世界人民为之不安。

　　勤奋是以堂吉诃德式的姿态，与世界为敌，试图同时拨快落后国家与发达国家的时钟。

　　勤奋是用十倍的效率去生产，让产品价格因此下降十倍，甚至更多。

　　勤奋既不是富人的美德，也不是穷人的爱好。勤奋，只属于积极向上的小康阶层，而且，经济规律必然让他们继续保持小康，以便永远积极向上。否则，世界上没有了这些西西弗斯，谁来推石头呢？

疲于奔命

听闻新近定居豪宅阁的神秘人物钱路易，如今操持的生意，原来是卖自行车，迈克不由得呱呱冷笑起来——

这个胆敢与迈太共进下午茶的家伙，谅他也做不起什么体面的生意，不过，自行车总比拉链要值钱些。

想到这里，迈克更是独自在书房里笑得前仰后合。

这一回，迈克是完完全全想错了。当钱路易邀请迈克夫妇及豪宅阁的豪邻们，一同莅临他宏伟壮丽的展示大厅参观，面对这些个形形色色如斑斓螳螂的自行车，每个人都下意识地把手伸进口袋，摸了一下钱夹里与大叠现金紧邻的信用卡。因为即使最廉价的一辆，售价也要过万。

当然，这不是提供给城市平民，穿行于灰扑扑的大街小巷，与公交车在上班高峰一争短长的代步工具。这是专门供应给有品位有追求的富人们，让他们的肥胖臀部在顶级跑车的皮座椅上日渐松弛的同时，能在这种被称颂为最科学最拉风的运动工具上，得以恢复紧实和弹性的美妙产品。

接下来的一个周末，迈克和迈太有幸目睹了一场自行车俱乐部活动。

十几辆超豪华名车宛如阿拉伯酋长大婚的车队般，隆重驶向郊区。还有一辆商旅两用车保驾护航，驮着一大摞价格不菲的自行车。

抵达山路坡地后，养尊处优的富人们臀部离开皮座椅，一个个像落难公子小姐似的颤巍巍登上自行车，半个小时以后，他们汗流浃背，一个小时以后，他们上气接不上下气，脸色发绿。商旅车行驶在最前面开路，车后盖打开着，钱路易在上面不停地为他们呼喊打气，外加发放一瓶瓶矿泉水，而自行车惨绝人寰地竭力追赶，车上的人间或接过矿泉水贪婪地狂饮一气，活生生一场难民追赶直升机，抢夺救援物资的景象。

只见一辆辆自行车伶仃如螳螂，一个个肥硕的男女头盔加骑车装，宛若夏天树上的知了，还露出一条条白生生的细腿，而迈克和迈太正如黄雀般开着跑车尾随其后，幸灾乐祸地目睹这群富得不用自己迈步，甚至不用自己开车的淑女名士，巴巴地来到荒山野岭，学着像穷人一样骑着自行车玩命赶路，堪比底层员工，家在杨浦却不幸找了份徐汇的工作，心疼地铁票，买不起助动车，只得每天骑车来回，在打卡不及要扣工钱的紧迫感下，使出吃奶的力气蹬踏板。

不，他们比赶早班的穷人更惨，他们轮下的还不是祖国城市建设的康庄水泥路，而是忽而上坡忽而下坡忽而拐弯忽而颠簸不已的山间环路。他们用比穷人高几百倍的价格买来的自行车，座椅却比穷人的小好几圈，这当然是为了中和他们平日坐真皮车座和老板椅的科学设计，为此他们蹬车的时候甚至没法放下臀部略作小憩。

迈太此刻这个悔啊，为什么不带上一台DV，拍摄下这一盛大的场面呢，如果放到网站上公开播放，能够抚慰多少穷人的心哪！

也许，这个世界的因果就是如此，人们忙着赚大钱变成富人，然后就可以不用骑车上下班，然后，就可以买更贵更难受的自行车，每周专门拨冗到山路上来骑车赶路，使得自己的运动量可以与每天骑车上下班的穷人保持一致。正如人类忙着发明众多机器，让体力劳动变成白领工作，然后再发明更多的健身器材，让白领缴出劳动生产率提高后多赚的工钱，到健身房里补回体力劳动这一课。

如果人类没有天生爱瞎忙活的基因，世界上又怎么会有穷人和富人呢？很可能，富人的本质，就是比穷人多一道来回折腾。

迈太最爱久坐会所健身房，看着疯狂出力流汗的富人们发呆。他们永远是一副天将降大任的模样，晋商徽商腆着肚子在跑步机上逃命般狂奔，迈太一愣神间就过了半小时，他们依然老鼠踩水车一样，仿佛时刻准备着一路跑步回内地去。老外就更是强悍，在游泳池里像钟摆一样无止境地来回，连续一个小时还在劈波斩浪，宛如正在筹划某天泅渡大西洋回国。

在这方面，迈克就特别道法自然。他既不像迈太那样，时常眺望窗外，羡慕栉风沐雨、骑着自行车掠过大街小巷、呼吸着自由空气的平民，也不像大多数富人那样，为了肚子上那坨六月孕妇的肥肉，如蒙神谕般在永不向前的跑步履带上一往无前。

迈克有一句名言，消耗脂肪和消耗汽油，我只选一样。并且，即使给他一万次选择的机会，他也将只选后者。

我们家的狗
才不会这样呢

当面向富人的论坛满天飞的时候，迈克陷入了深深的困扰中。

只见名目众多的论坛邀请函，如雪片般飞来，经由名车销售商、高级会所、银行VIP客户服务部等高尚途径的引见。且不论何种论坛，都以"财富"为主题，以"全球"冠名，再次点燃了迈克作为一个富人，心中义不容辞的火焰。

迈克从一大堆邀请函中，挑出了一个关于全球房地产的论坛。迈克电话主办方，工作人员彬彬有礼地表现了十二万分的欢迎，并热情地通知迈克说，请您把一万五的入场券费用，直接打到我们的账户就可以了，我们将派专门人员为您安排座位。

迈克正想往那个账户付钱，一转眼，居然在迈太的梳妆台上，发现了一张填着迈太芳名的论坛入场券。迈太得意洋洋地宣布说，因为我是媒体的专栏作家，所以获得了免费邀请。

迈克的心态登时倾斜，一万五停下了脚步，留在了他的口袋里。

两周后，眼看到了论坛开幕的日子，主办方殷勤万分地打来了电话。当迈克斩钉截铁地表示了不愿意花一万五参加论坛，工作人员忽然温言软语地说，您是沪上著名的富人，媒体上也经常看见您的专访，您能参加本次论坛，就已经能使论坛蓬荜生辉啦，我们这就给您安排位置，不需要您再支付入场费用。这一刹那，迈克感觉自己何其高大。

论坛那天，会场高朋满座，演讲名单上名流汇集，红酒和法式点心相映生辉，除了名车名表的赞助广告显得稍稍琳琅满目了一些。

演讲正要开始，忽然听见门口有争执声传来。原来，有两位贵宾一并支付了三万元买了入场券，并由工作人员事先安排好了座位。可是当两位贵宾的真身出现在门口，工作人员大惊失色地发现，他们，原来是一位先生和他的一条爱犬。

这位先生受到了阻拦，底气十足地抗议道，我们可是花钱买了两张入场券，名正言顺地来参加这个论坛的，请问在座的各位，你们有多少是自己花钱买票进来的呢？

工作人员支支吾吾地解释说，贵爱犬虽然买了票，但是就怕它进去以后乱跑乱叫。

只见这位先生高傲地宣布，我们家的小狗才不会这样呢。

接下来的几个小时，只见那只小狗果然安静而矜持地和大家同坐，时不时还姿态优雅地品尝一块法式点心，或者啜一口主人杯中的红酒。

在座的其他贵宾，俱相安无事，估计是受到了真正花钱买门票的震慑。这类所谓高尚论坛，邀请的领导、明星、媒体，包括所谓知名的富人们，哪个不是免费进场为主办方撑场面的。迈克沮丧地发现，会场里除了稿费微薄的迈太，竟然还有很多充数的大学生。

迈克惨淡地想，如果现在上帝在这里来一场辨别富人的洪水，诺亚方舟上，恐怕只剩下了这位诺亚先生和他的小狗。好在上帝早已灰心丧气地放弃了这一招，当诺亚被宽容成为大众的诺基亚，狗和人确实也能够同席而坐了。

扮老装嫩

迈克正在北京参加一个富豪论坛，迈太千里寻夫去探班，发现同一层楼面有两个会议大厅在开会，偏偏门口都没有指示牌。

左边的大厅里是须发花白、面容持重、穿着正式的老者们，右边大厅是一伙身着斑斓休闲服、谈笑风生、脸庞红润的年轻人。据说这次富豪论坛参加者的平均年龄是五十岁，迈太于是想当然地跨进了左边的大门，坐了半晌，竟然没看见一张熟悉的脸，再细听会议内容，原来是一个学术研讨会。

迈太疑惑地想到，会不会自己上错了一栋大楼。

楼没有错，错的只是迈太对富人外貌武断的估计。要知道，所有的富人都看上去比实际年龄年轻许多，或者至少，他们全心地渴望如此。

恰如所有的帝王都期待长生不老，富人们坐拥一切该有的财富地位以后，最大的心愿就是养生，以至于养生的效果在某种程度上，代表了一个富人的实力是否雄厚，江山是否安泰，股票是否攀升，市场是否稳健……不然，你哪来的时间和心态调养呢？

正因如此，很多富人都喜欢把自己的年龄说老几岁，这样自己的养生效果看起来会更好一些，也就显得自己的财力与地位更优越些。

而在另一侧学术会议的大厅中，就是另一种评价标准了，你看上去越老，就显得越权威，做学问不都是这么回事嘛。

可怜的迈太，此刻有如一只迷途的羔羊，在两个大厅之间又徘徊了五分钟之久，终于硬着头皮，掉头走进了右边的大厅，随后，她终于看见了亲爱的迈克正在与一群人攀谈。

某民营企业的董事长，头戴一顶棒球帽，身穿一件绿白镶拼的夹克衫，顶多三十岁的模样，拍着胸脯说，你们猜不到吧，我都四十了！

众人皆向他投去景仰的目光，赞叹道，事业昌盛，佩服。

某上市企业的总裁，一套月白色开襟中装，衬得圆脸盘红白娇嫩，再看不过四十，咋呼着向大家宣称，我都五十开外了！

周围再次响起惊叹声，如日中天，羡慕。

迈克一着急，咬牙跺脚说，老朽我今年六十有一！又一把拉过迈太介绍道，这位是内子，芳龄三十九。

迈太窘得无地自容，尴尬地补充道，虚岁，虚岁。

转过脸，迈克安慰迈太说，你别看太太团里，常有人一把年纪梳着两根辫子，口口声声"我们女生"，穷凶极恶地装嫩，她们报出的年龄，却往往比实际年龄要大一些，为的是显示养尊处优的高贵不凡。把二十八说成三十九，是女富人的专利。要是女穷人，是三十九也要硬撑说二十八，否则不但嫁人困难，连找工作都难。

是日傍晚，走出会场，迈太看见拐角的餐厅贴着一张招聘启事，赫然写着，招女服务员，年龄三十岁以下。迈太顿时怒火尽消。

所以说，如果有一天你遇见这样的场景——

一位陌生女士，娇俏地偏着头，让你猜她的年龄。

你一皱眉，一闭眼，说，十九吧，顶多二十一。

她得意地一笑，告诉你，我已经四十岁了呢。

你必须表现出大惊失色，尽管你心里也很惊讶，她真的只有四十岁吗？

你当然不能相信她！

一旦有机会，你最好能偷窥到她的身份证，来获悉她的真实年龄，注意，这不是为了解开你心中关于女人衰老的秘密，这是帮助你判断出，这位女士究竟身家几何。

如果她身份证上的年龄，比她口述的还年轻了几岁，不管她看上去是否更老，务必大献殷勤，可能，你就此成功地娶到了一个富婆，足以让你少奋斗二三十年。

　　把二十八说成三十九，是女富人的专利。要是女穷人，是三十九也
要硬撑说二十八，否则不但嫁人困难，连找工作都难。

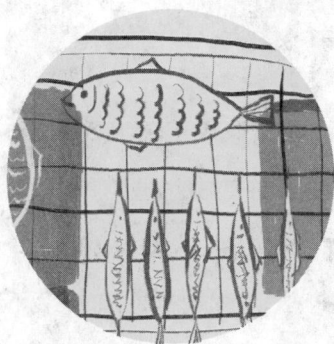

天敌的凝视

金领与富豪的仇恨，就像老鼠与猫，是自然规律。

宜人的秋季，迈克应邀去海南参加一个环保产业投资论坛，同去的还有他几个民营企业家的富豪客户，历时一周，权当度假。

论坛第三天傍晚，海风习习中，迈克与富豪客户畅饮于酒店露天吧，正陶然间，忽听窃窃人声。迈克扭头看，只见不远处来了另一群人，颇有凉意的风中，竟然都光着两条白生生的大腿，穿着运动短裤。迈克暗笑，像这样上班必穿得比政客还严谨，下班必穿得比民工还松快的，一定是外企金领们无疑了。

就听这些金领正在私下议论说，这些民营企业的富豪，真是丢人，一身名牌虽然货真价实，却从来不知道换衣服，我居然看到某位福布斯上榜人物，一身范思哲的白衣白裤，整整三天了，从早到晚都没有换过。

迈克心中一凛，立即找个借口转去隐蔽处，急忙忙电话迈太，哈尼，快给我准备三套衣裳，立刻EMS过来，不要耽搁！

稍后，迈克和几位客户晚餐，一位富豪忽然忿忿开口，这些洋人公司的金领，真是可笑，据说他们公司的规定就是，每天都要换上不同的衬衣和领带，才能上班。有的人怕麻烦，干脆在办公室多放一套衬衣和领带，上班换过来，第二天上班再换回去。这换来换去，还不一样是脏的。我下周回去，也大可以命令全公司上下，每天换衬衣，就我自己不换，有权力不换的，才是老板呢！

原来迈克并不是耳朵最尖的。

听闻客户的一番话，迈克深觉更有说服力，他急匆匆再躲去隐蔽处，电话迈太，哈尼，那些衣裳不用准备了，不换衣裳更有面子。

晚餐过后有一个联谊酒会，富豪与金领终于对面相逢。

迈克的尖耳朵穿行于衣香鬓影的人群中，他惊讶地听到，几乎一大半富豪，都在跟金领搭讪，讨教衣着、球拍、西餐的问题。这下，迈克不由得又为着自己的品位取向而懊恼起来了，他刚想找个僻静处再次电话迈太，金领们的谄媚声音，随即纷纷传入了他的耳中。

没错，几乎全数的金领，都在一番客套的热络和试探后，开始向富豪剖白心迹，声称自己愿意改投明主，在更自由的民营企业的旗帜下，在更雍容大度的富豪您的麾下，开创一份崭新的事业。

金领和富豪之间微妙的战火，也同样在迈太身边燃烧着。

房产大亨陈彼得，平日里最爱找迈太抱怨金领们的"臭德行"——要知道迈太可不是普通的太太，她是富人圈的一面文化旗帜，只要有她同仇敌忾，陈彼得就能心平气和地认定，那伙金领们的所谓文化，实在不算什么。

陈彼得对迈太说，这些假洋鬼子真可笑，什么叫职业经理人，不就是电子邮件里老写着FYI，嘴里老挂着MBO，看电视要看HBO，做订单要说成OEM，人人拿出文凭都是MBA，现在了不得了，搞文化产业的，有人还能同时掏出一张MFA的证书，我说你要是真有本事，怎么不掏一个UFO出来？

上次有个所谓的亚太区财务总监，说他的财务分析如何了不得，一口一个Cash Flow，我说你来领导一下我的企业试试，我从来没折腾过什么Cash Flow报表，几十亿的资产还不是十几年里白手起家赚出来的？你们要是真像你们自己说的那样，懂得金钱的规律，你们怎么不自立门户，几年后也上个榜，还窝在写字楼里给人打工做什么？

说归说，陈彼得心里对这班金领，还是好生不服气，凭什么生意明明是我会做，你们却偏偏能说些听不懂的鬼话，到处唬人，弄得比我还在行的样子。陈彼得一气之下，就去报名念了个EMBA。他沾沾自喜地告诉迈太，我这还比他们的MBA多一个字母呢。

可惜陈彼得到底生意偌大，精力不济，念了几个月，就累得不行，虽然最后学校看在高昂学费的分上，给这些富豪人人发了个证书，不过陈彼得倒是认为，还是十分有收获。

他神秘兮兮地向迈太透露，这下我总算明白了，假洋鬼子们实在没什么了不起，他们说的其实就和我做的是一回事，可是那种神神道道的说法，我还是学不来，怎么办？

迈太答，那你干脆雇一个金领来做个什么总监，让他出面去对付其他的假洋鬼子。

陈彼得说，这些金领们，个个都巴不得我雇他们呢，开出的年薪好像我是抢银行的。

迈太道，陈翁你忘了，要唬住那班金领，还有一个最合适的人选，绝对胜任，要价合理！他就是你的法律顾问，堪称中西合璧、内外兼修、智勇双全的迈克。

当晚回家，迈太向迈克复述了这场对话。迈克听毕，一把将迈太倾情拥入怀中，道出了有生以来最由衷的赞叹，哈尼，你真不愧为迈克的太太。

猜心

长假里，迈太遣保姆回家休息，打算和迈克共度两人世界。

只听见迈太一声声的召唤破空而来，哈尼，下雨了，帮我把客厅的窗户关上。哈尼——迈克，迈克！你去看看烘干机绿灯亮了没，亮了就帮我关了烘干机。破迈克，死迈克！

迈克不得不说服自己的胖臀部，依依不舍地离开柔软的皮沙发。他关了烘干机，接着踱到厨房，想跟迈太表功，谁知厨房里空无一人。他看到煲汤炉的绿灯也亮着，随手也关了煲汤炉。然后，他讨好地高叫道，达令，我把烘干机关了，我把煲汤炉也关了。

他目瞪口呆地看到，迈太气呼呼地从储藏室一个箭步跳了出来，指着他的鼻子质问道，你干吗关了煲汤炉，这汤刚炖上！

迈克委屈地说，我看见绿灯亮了。

迈太道，煲汤炉又不是烘干机，煲汤炉是红灯亮，才表示煮好了。

迈克气愤地说，这煲汤炉和烘干机，都未免太有个性了吧！

迈克承受不了有个性的服务，因为他是一个地道的富人。富人所习惯的服务，从来就是标准化的。所有高尚场所的侍者，都身穿符号化的制服，胸牌上除了他们的职能，甚至注明他们会讲的各种语言，英语，粤语，国语。他们只说标准化的服务用语，做标准化的手势。

服务业的最高境界，就在于侍者成功地化作标签，让你一目了然，并且没法记住任何一张脸。谁敢声称，我是一只煲汤炉，我的指示灯设置是和烘干机不同的，你以为你是谁？

标准化是富人的阴谋，借此他们可以轻松地驾驭大多数人，并且效率卓著。好像迈克事务所的员工，他们日复一日生活在办公室隔断中，发送格式化的工作邮件，进行职业化的会谈，填写各项工作汇报表，装订在分类文件夹里，送给迈克批示。这使迈克对事务所的一切，都轻松地控制于掌，了然于心。

大多数人命定要成为社会生态中的单细胞生物，除了迈克这样的富人。

成为一个富人的标志，就是你越有个性，却越受到推崇。所有人围着迈克察言观色，猜测着迈克每一次喜怒无常背后的含义，迈克越无常，就越令大家敬畏得五体投地。

无数面目模糊的微笑者，成天围着迈克，以猜中他的心事为毕生最大成就。直到这个长假，迈克一脸困顿地站在家用电器前，猜测它们到底是红灯停，还是绿灯结束。

迈太一边悻悻地重新启动煲汤炉，一边把一堆家用电器的说明书递给迈克。

　　迈克接过厚厚的说明书，敬意油然而生，他说，真没想到，这些家电的内心如此丰富，比我的员工丰富多了，我很欣赏。

　　过了半晌，迈克又回到厨房找迈太，他羞答答地问，这里面怎么没有你的说明书啊？我想，我更需要那一份。

财神的耳朵

所有的富人都是话痨，一旦打开话匣子，保管唐僧也会上吊。不能怪他们，只怪每天围绕他们的嗡嗡声，多得让人疯狂。

迈克的电话总是不停地在响，仿佛全世界的人，都在排队跟他对话。他的办公室门外，等待与他会面的人，一拨接着一拨，如果没有秘书在奋力安排，迈克真怀疑，他会被几吨的口水立时淹死。

当逐渐成为一个地道的富人，迈克开始体会了庙宇中财神像的不易，面对无数陌生人的念念有词，祷告祈愿，保持神一样泥塑木雕的宽厚风度，实非易事。

所以，终于等到可以安静一阵，独自驾车回家，迈克最受不了的就是，轿车哼哼唧唧的各种提示音，分别可以翻译为，请您系好安全带，您的车门没有关上，倒车请注意安全，您的车距已经低于安全边际等等。

只有面对座驾的唠叨，迈克才会表现出前所未有的顺从，要不然，这唐僧牌座驾会不依不饶地一直嘀咕下去，完全不介意迈克威严的怒容。为此，迈太曾立志参照高级轿车的蜂鸣系统，创意一套太太蜂鸣语言，训练先生们的令行禁止。

因为座驾的喋喋不休，耳根焦虑的迈克，曾经四处打听，哪里有沉默的车。迈太说，除非你愿意做一个穷人，普通的车，除了撞上后的轰然一声响，其他时候，都是哑巴。

富人的宿命，似乎就是耳朵受罪。

当迈克好不容易摆脱了座驾的电子语言，开门回家，门锁照例彬彬有礼地问候说，欢迎回家。迈克反手关门，门锁甜美地说，您的门已经关上。迈克甩手不关，门锁焦急地提醒，您的门没有关上，没有关上。迈克愤怒地一脚踢在门上，终于，门锁放弃了说人话，声嘶力竭地尖叫起来。随即，对讲机的屏幕上，亮起了保安充满诚意的脸，先生，您这儿有窃贼闯入吗？需要我们的帮助吗？英文重复一遍。

其实更不幸的是迈太，她还得和冰箱打交道。别看这台冰箱像一位绅士一样腰板笔挺，它的聒噪程度，绝对不亚于一个更年期妇女。它硕大的荧光屏上，除了时刻显示自己各部位的实时温度，还有牛奶、鸡蛋、冰淇淋、水果等各类食品的储藏情况，一旦用罄，就警示信号闪动提示。它还不知从哪里知道这么多超市的打折消息，一天到晚地滚动播放。

有一回，保姆开启了冰箱的语音功能，一边做菜，一边听冰箱念菜谱。冰箱就此获悉了自己的语言能力，可能为了补偿之前一直靠眉来眼去说话的郁闷，它忽然小小故障，把荧光屏上各种信息依次念出来，鸡蛋牛奶地唠叨了三天三夜，这才自行痊愈。

迈太受尽了嗡嗡声的折磨，还可以发泄到迈克身上。她常常以关怀的名义，在迈克耳边絮絮诉说——

哈尼，我发现你最近又发胖了，定做的西装都扣不上了，你一定不能在睡觉前吃冰淇淋了，我不管你你就明着吃，我管你呢你就偷吃。你最近头发又少了，发际线越来越高，额头像新开垦的平原一望无际。你一定不能继续掉头发了，如果你要掉头发呢，就干脆不要减肥了，如果秃了，就一定要胖才有样子，如果又瘦又秃，看上去就更难看了……

迈克可怜巴巴地呻吟道，哈尼，求你不要再往我脑袋里倒垃圾了，你明知道，先生的一肚子话，是没法找太太倾诉的。

围绕身边的噪音，固然是尊崇的体现，却也不啻是一种痛苦的考验。迈克很难想象，终日在喃喃声中受尽香火的财神，在三缄其口的同时，是如何维持心理健康的。

于是迈克在某个无星无月的夜晚，弃车步行，乔装打扮，踏进了心理医生的诊所，掏出一叠大钞，然后躺在舒适的靠椅中，打开话匣子，把一肚子垃圾尽数倒给了沉默的医生。然后，他一身轻松地静静回家，心情大好，溜进厨房打开冰箱，拿出冰淇淋。

突然，他听到了冰箱恭敬地开始发言，先生，您动了冰淇淋，我不想打扰您的雅兴，但是现在是北京时间凌晨一点，我尊敬地提醒您，在晚上十点以后，吃冰淇淋会直接增加您的体重。您太太的原话是，哈尼，我发现你最近又发胖了，定做的西装都扣不上了，你一定不能在睡觉前吃冰淇淋了，我不管你你就明着吃，我管你呢你就偷吃。

冰淇淋没有放回去之前，冰箱继续朗声重复。

别看这台冰箱像一位绅士一样腰板笔挺，它的聒噪程度，绝对不亚于一个更年期妇女。

世界杯故作娇憨

世界杯了。兜里空空的，就光着膀子，占满街边排档看电视，喝着啤酒，与鲜红的麻辣小龙虾搏斗。有点银子的，就扎进黑洞洞的酒吧，玩一个群魔乱舞的气氛。最能实现光荣与梦想的，莫过于飞去德国看球赛，据说有位老伯喝啤酒中了奖，一下子就从小龙虾的包围中脱胎换骨，跟维珍航空的大客机玩儿去了。

迈克曾经提起，他学生时代对世界杯十分痴迷，于是，迈太一心以为自己会成为足球寡妇，就算不去德国酒店关禁闭，也得空闺独守，在家彻夜眺望酒吧。

没想到，迈克居然静若处子，唯一一次看球，还是和迈太一起出去消夜。在餐厅金碧辉煌的墙面上，大屏幕电视默默演出，迈克慢条斯理地品尝着大龙虾，吃到龙虾泡饭里的龙虾大腿统统露出水面，这才有空看了一会儿绿茵场上健硕的外国大腿。

迈太统计出，迈克对她的凝视时间，远远超过了他对世界杯的注视。正沾沾自喜中，环顾左右，却发觉整家高级餐厅，个个油光满面的富态男人，似乎都不屑把眼睛在屏幕上停留太久。在这里，足球固然魅力不敌迈太，可惜同样不敌龙虾、鹅肝酱，甚至一份蔬菜沙拉。

迈克说，世界杯，无非就是富人犯傻，吸引穷人起哄。一群富人，在绿草地上，为了抢一只不值钱的皮球，弄得气喘如牛、汗流浃背。这样难得一见的场面，当然值得穷人为此不眠不休，贡献收视率，掏空口袋。

其实这些四肢发达的富人一点不傻，他们故作娇憨地为一只皮球激情洋溢，引得全世界的银子冲动之下，滚滚流进了他们的口袋。冲动的是大家，他们冷静着呢。

所以，广大富人是没理由喜欢看世界杯的，他们既不热衷看见富人，也明白这些富人不是在做傻事。他们不过是在工作赚钱，观看这样正常至极的场景，跟在办公室放一面镜子看自己办公，完全属于一码事。

就在这个共赴消夜的夜晚，迈太获得了关于自己婚姻的一桩意外之喜，原来做富人的太太竟然还有如此的福利，世界杯期间绝无受冷落之虞。可惜迈太的喜悦并没有保持多久。

某个温情脉脉的凌晨，迈太蒙眬中翻身拥抱迈克，却蓦然发觉扑了一个空。迈太凛然一惊，温柔尽消，立刻下床搜寻迈克行踪。黑暗空旷的客厅里，只见迈克一声不吭地窝在沙发中，脸上绿光荧荧闪动，宛如聊斋，这是电视荧屏上绿茵球场的反射。

迈太气急败坏地问，你说富人不喜欢看世界杯，这凌晨五点的，你在这儿干吗？

　　迈克不紧不慢地答，底层职员，再爱看世界杯，也只能看九点这一场，否则第二天没法起床打卡。牛一些的管理层，顶多也只能看完深夜一场。至于能看凌晨这场的，也只有逍遥自在的富人了。为了体现富人的与众不同，我决定天天只看这场。

谁是我们的朋友

阴雨连绵的中午，迈克接到一个意外的电话——

哈啰，迈克吗？我是马克。

谁？

我是瑞马德房产发展集团的马总啊，你不记得了吗，迈克大律师？上次你、你的客户陈彼得，还有我，一起吃的饭，在金玉大酒楼，那边的咖喱鹅肝真是不错啊，哈哈哈……

显然，迈克还是没有想起来，谁是马总，不过除了圈内的朋友，谁会对陈彼得和自己的情况这么了解呢。于是迈克连忙热情地回应说，是是是，你看我这个破记性，对不住，马总，别来无恙啊？

马克大度地答，没关系，迈大律师贵人多忘事。我就是明天又要来上海了，想私下见见你，有些房产业务上的问题跟你咨询，相信你不会嫌弃我这个客户吧，我们的实力不比陈彼得差哦。

迈克一下子喜出望外，仿佛看见了一叠叠人民币哗哗流进自己的账户，这个甚至想不起面貌的马克，有如一道光芒，打破了这个中午的阴霾，给了迈克无限的期待。

迈克问马克，马总，您明天几时到上海，要不要我派车去机场接？

马克大笑说，迈大律师果然贵人，太能忘事了，我在南京，开车过来。

迈克在一脸羞愧中，暗暗赞叹这位马总的宽宏大量。

翌日一大早，依然阴雨不断，迈克被手机惊醒，是马克的来电，迈大律师，我们已经出发了，一到就通知你，你来定地方，我们聚聚。

迈克美梦被扰，史无前例地没有骂骂咧咧，也没有再翻身睡去，兀自翻身起床，一边哼着小曲，一边梳洗打扮。

迈太锦被蒙头，娇声呵斥，哈尼，你疯啦，这么早折腾什么？

迈克答，哈尼，有大客户上门来，几百万的律师费又在向我招手呢。

迈克兴奋了整天，却始终再没有电话进来，直到日暮时分，手机才又响起——

迈大律师，我是马总啊，我们出了车祸了，在无锡。

马总，你有没有受伤，需要我做些什么吗？

我的司机和秘书都重伤进医院了，我的信用卡透支没法再取现金，要是你愿意帮忙，正好替我打一万元到账户上，我报卡号给你。

……

迈克沉吟了片刻说，马总，这样吧，你告诉我哪个医院，我派人给你送现金过去。

马克在那边急吼吼地嚷嚷道，等你再派人开车过来，怎么来得及？

迈太在一边插话道，这明显就是一个骗子，说公司规模比陈彼得还大，怎么信用卡透支了都没钱还？

迈克说，富人的信用卡总是拉爆的。

迈太提议，既然他说认识陈彼得，你打电话问问陈翁，不就知道是不是骗子了？

迈克说，陈翁在国际航班上，手机关机。

迈太道，这好办，既然你没法确定他是不是骗子，你现在花一万元赌一赌，输了也就是一万，赢回来的可能是几百万，而且还救了两个人。

迈克说，不。

迈太问，为什么？

迈克答，因为霍夫曼斯塔尔说过，我们的朋友永远比我们想象的少，却比我们认识的多。对富人而言，尤其如此。

随即，迈克挂下电话，拨通了110。

一周后，一瘸一拐狼狈不堪的马总，终于出现在上海，于金玉大酒楼，和陈彼得、迈克一同品尝咖喱鹅肝。迈克以他的百分百富人精神，一举荣任瑞马德房产发展集团的法律顾问，兼马克的私人律师。

金子一袋子，知己一屋子

迈太自恃朋友遍天下，当她想找人吃饭闲聊时，人人挺身而出，俨然知己。而当她一个人在北京丢了钱包时，只有迈克的知己，愿意为她花钱买回程机票。

送别迈太的前一天，迈克的这位知己史蒂文，还殷勤地请迈太到后海吃饭泡吧。适逢北京沙尘暴，在雅座隔窗望去，只见后海如煮沸的一锅汤，正如迈太内心的感激，汹涌澎湃。

迈太问，迈克像你这样仗义的知己，还有多少位？

史蒂文说，他的我不清楚，我只知道，我的知己少说也有五百位。

富人的知己数量总是超常的。史蒂文做的是银行计算机系统的生意，一个项目几千万。招标时，银行内部讨论会上的知己数量，决定了他的财运。

行长与史蒂文再知己，他却不能第一个跳出来推出史蒂文的公司，毕竟他是一张拍板的大牌。这就需要一位知己的处长，发言提议。当然还需要知己的几位副处长，不失时机地附和。最后大牌落下，一锤定音，其乐融融。如果在这个节骨眼上，忽然有另一家公司的知己，跳出来发表反对意见，那么行长自然也很难办。

而京城的招标只管给一个入围权，项目分布在各个省市。每个地区的行长和处长，大大小小加在一起，又有十余人之多。光争取一家银行的项目，就需要知己上百位。

一个人一生有三两知己，怡情养性，五六知己，人生幸事，而一旦有了几百位知己，那就不啻为一种恐怖的人生体验。

史蒂文赢得知己的水平已经炉火纯青，他一脸慷慨诚挚，目光撼动人心，他雍容地推杯换盏，温暖地称兄道弟。直到有一天，他走过一条异乡的马路，在顺手给了乞丐十元钱的时候，习惯地拍了拍对方的肩膀，唤了一声兄弟。走出十几步后，他惊讶地回头看见，那位乞丐仗义地一手为他拦住了正要跟上的乞丐大军。

由此，史蒂文感觉，自己是真正患上了知己强迫症。当他公司上千名员工，羡慕这位老板终日驾鹤逍遥，呼朋唤友，水井坊漱口，二头鲍当口香糖时，史蒂文却疲劳于飞行全国，携带大量名表和现钞，在餐桌上不断增加知己的数量。一天在攻心上没有新的进展，他就一天无法安睡，感觉时光虚度。

平安回家后，迈太感动地向迈克诉说，我也要有史蒂文一样温暖的目光，他值得拥有这么多知己。

史蒂文感觉，自己是真正患上了知己强迫症。

迈克说，一个人决定跟你交心，不是取决于你的目光，而是取决于从你身上看到了什么。就像人们在看见史蒂文的时候，就仿佛看见了瑞士银行的存款、滨海别墅和自己金光灿灿的未来。一个敲门而入的快递员，目光再温暖，你会把他引为知己吗？

所以，穷人注定没有知己，而富人必定会被超量的知己累死。

今天你买单

对于共享大餐的人而言，当上菜的频率由推波逐浪，过渡到风平浪静，小姐意味深长地端上水果，原本从容谈笑的每个人，脸上的表情都开始变得微妙。

买单，无疑是最让人肾上腺激素水平升高的一个时刻。

如果你在餐厅里看见一群人在热烈地争着买单，一声高过一声地劝阻对方并挺身而出，外加动手争夺账单，抢着把钞票作势塞给服务员却绝不脱手，甚至拉扯着推搡着追过大半个餐厅，弄得每个人外加服务员都衣衫不整，呼吁带喘，疑似一场带有暧昧色彩的斗殴，那要恭喜你，有幸见识了穷人的买单文化。

富人在任何时候都是克制地静观其变的。在一场尚未明确做东者为何人的即兴聚餐中，当一名手捧账单的侍者，在一桌没有任何表情暗示的客人面前，随机地走到谁身边，那个人就冷静地掏出银行卡，输入密码，签字，然后不动声色地收起发票，留下找零的小费，好像他本来就是那个准备买单的人。

很难猜测，一名侍者是不是知道，其实是他，手握着决定谁破财的权杖。不过更有可能的是，他在懵懂中反复惊叹自己的眼光准确，如有神助。

平静之下，每每潜藏更大的暗流。富人们在最后这个异常静默的时刻，肾上腺素的汹涌绝不亚于穷人。这是一种功力化于无形的较量，只要你显示出比旁人多一份的生动表情，你就很容易被选中，你要漠然再漠然，绝对一副事不关己的样子，而且要王顾左右而言他，自然而不露痕迹。

当然最有效的方法，还是恰逢其时地去上洗手间。当你站在便池前，犹犹豫豫是不是真的要方便一下的时候，一扭头，你发现全桌一大半人都在这儿了。

迈克有个内地的客户托马斯，坐拥十几间豪华餐厅。但是他每次到上海公干，与朋友们在一起的时候，随身的公文包中必带一瓶矿泉水和一包饼干。在没有确定一餐饭是由谁买单的前提下，他会说，我不饿，你们去吃吧，我这儿还有水和饼干呢。

不容否认，托马斯是个最爱惜健康的人，与其遭受肾上腺素的折磨，连带让自己的荷包遭受威胁，不如保持自己的肠胃清净。

有一回，托马斯在上海借用一位朋友的车子，去市郊办事。直到下午一点，他和司机两个人仍在返程的高速公路上。路过加油站的餐厅，奔驰车密闭的空间里，两人胃部的饥鸣彼此相闻。当托马斯意识到自己不容置疑的买单地位时，他拍了拍司机的肩膀，说，我不饿，你要是饿了，我这儿还有水和饼干呢。

迈克跟迈太讲起这桩逸事，不屑地评价道，瞧，还有逃避买单逃成这样的。

迈太说，他至少自己也饿着。吝啬亦有道，干脆吝啬自己，总比款待了自己却指望别人掏钱要强。

为每餐饭的荣光而战

想迈克发迹前，最钟爱的美食，就是咖喱肥鹅肝，每逢发薪日，都要去金玉大酒楼享用一把。直至今日，迈克才明白，原来这种自娱自乐的就餐，是穷人的典型特征。

穷人主动上餐厅是为款待自己，富人主动上餐厅是为款待别人，而且仅仅是为了让客人知道，自己为他们花了多少钱。

迈克如今还是常去金玉大酒楼，他最欣赏的，是这家酒楼的侍者，每回在VIP包房的客人齐集后，都会一边倒茶，一边隆重介绍，各位贵宾，这间包房是我们酒楼最上等的，最低消费两万元哦。

这还不算，侍者在每上一道菜时，都要唠唠叨叨一遍这道菜的珍稀之处，就连普通的一道羊肉，他也会这么说，各位贵宾，这可不是普通的羊肉哟，这是在澳大利亚天然草原放养的、完全没有污染的绵羊身上取材的，羊肩膀上最鲜嫩多汁、脂肪含量最少的鲜肉！要知道，每头羊可只有两小块肩膀肉哦。

最光辉耀目的，当然是买单的这一刻，在以往的很多年里，迈克都偏爱用现金支付。当侍者把账单用豪华的真皮托盘呈上，迈克斜睨一眼上面的数字，一副满不在乎的样子，刷刷刷刷，拿出几叠银行纸带封好的钱砖，顺便再点出大钞一把，随手放在托盘上，而侍者唯恐散落而下，小心翼翼地抱着满满的托盘往外走，这是何等壮丽的时刻啊。

可惜这年月，如果不使用不动声色的信用卡，暴发户一样点钱，难免会反遭人耻笑。这下迈克犯了难，这个最有说明意义的时刻，怎么能不动声色，随着一张小卡片的磁起笔落，就轻巧过了呢。

是以，迈克英年老花了，每次侍者呈上账单，迈克总眯缝起眼睛，把账单举到极远方，嘟哝着，唉，今天没戴老花镜哪！

体贴的侍者俯身到迈克耳边，轻声报出这个数字。

你说什么，多少，我没听清？此时，可怜的迈克又英年耳背了。

侍者不得不涨红着脸，大声宣布，这餐饭您总共消费了三万两千四百元整，您是钻石卡，已打了八八折，免了服务费了，迈克先生。

迈克顿时恢复了矫捷，潇洒地拉卡签字，在宾主尽欢的气氛中结束了这场晚宴。

迈太在跟随迈克参加了一次客户盛宴后，忽然大彻大悟道，我有把握开一家餐厅，保证所有富人争先恐后杀进来。

首先这个餐厅要有两款菜单，一款呈给所有客人人手一份，每道菜的价格多一个零，一款交给主人看，其他不变，就是每道菜少一个零，实价。

　　餐厅的厨师可以水准平平，侍者却一定要从广播电视学院高价招聘，务必竭力介绍VIP包房的尊贵，每道菜的昂贵，及每套餐具的珍贵之处，以全力展示主人的荣光。

　　最后，为了照顾主人的视力，每次买单，餐厅都将采用大屏幕投影仪来呈现账单，以示公平公正公开的原则。当然请主人观看时，务必在心里默默减去一个零。

　　迈克听毕，也恍然大悟道，现在我总算明白，为什么早年的咖喱肥鹅肝，这么鲜美。

食物的骄傲与梦想

　　富人们有相当矛盾的荣誉观，在他们生产的时候，以将成本降到最低为光荣，而在他们消费的时候，又偏偏以消费不计成本的商品为骄傲。

　　太太团的简妮和凯特，继她们上次的创业失败后，沉寂反思了一阵，又分别开出了两家高档餐厅，一家号称是最新鲜的海鲜火锅店，一家自命为最真材实料的牛排店。

　　迈太照例又获赠了一大堆免费餐券，呼朋唤友去捧场，令店堂里一派虚假繁荣。

　　在这两个消费不菲的餐厅里，环境尚且幽雅，菜单还算新颖，店堂里的音乐老到显然没有购买版权，唯独侍者的笑容尤其热烈，只要客人一开口说话，他们立即蹲低半身，仰头聆听，这番架势让迈太去了无数次以后都不能免疫，还是每次都惊得一哆嗦。

看这番景象，迈太就明白了，这两位太太显然已经在降低所有可以降低的成本基础上，为维持高档餐厅的面貌，尽了最大的努力。

敏感的迈太很快又在盘箸之间，遭遇了最奇异的状况。

每次到简妮的海鲜火锅店用餐，迈太总觉得舌根发麻，越吃得多越觉得味觉古怪，那些海鲜却看上去着实鲜艳欲滴，实在不像有什么问题。迈太因此回家检查新买的漱口水，怀疑是这种新香型，让自己的味蕾神经有些错乱。

而每次去凯特的牛排店，迈太常在好好顺着纹理切牛排的时候，忽然惊讶地发现，几刀过后，需要把牛排旋转九十度，才能重新找到下刀的纹理。迈太颇为怀疑自己得了早老性痴呆症，动不动就不自觉地走神，居然连集中精神吃完一块牛排也做不到。

迈太很想请凯特演示一下，她是怎样优雅地吃完一整块牛排，而不将牛排在盘子上左右腾挪的。当迈太有一回邀请正在店里督阵的凯特，一起到桌边用餐时，凯特矜持地告诉迈太，我从不吃经过加工的牛排，我只吃原生的整块牛排。

迈太大惊，难道凯特所谓真材实料的牛排店，竟然不是原生的整块牛排吗？

凯特于是得意地向迈太炫耀她的成本之道，这些牛排都是用小块的碎牛排粘起来的，因为整块的大牛排成本太高了，一条牛身上未必有几块。厨师和木匠当然有技术上的差异，所以纹理总是粘错，也是情有可原。

高档餐厅的老板，似乎总是不在自己的餐厅吃饭的。

迈太发觉，简妮虽然大部分时间都在餐厅做监工，但是不论一天吃饭的钟点多少次敲响，简妮硬是生鲜鱼贝不沾唇，宁愿一杯清茶，一个对面超市买来的面包，生生熬着。

有一回，简妮终于忍不住也向迈太道出了她的成本控制术，原来这些看上去新鲜剔透的海贝鱼虾，都是放了甲醛才保持了这样的面貌。而简妮本人饮食的习惯呢，简妮自豪地告诉迈太，我只吃没有任何添加剂、纯天然的新鲜食品。

简妮的先生马丁新近收购了一家农场，为了压缩成本，提高产量，马丁找到了据说极其有效的化学催化剂。当然马丁本人只吃有机蔬菜，为此简妮每天都要关照管家，非这类蔬菜，不许进入厨房。

有一天早上醒来，迈太将这个食物链的关系想了又想，觉得十分诧异，如果说，只有富人才有钱投资高档牛排店、海鲜店和大型农场，他们都以降低成本为骄傲，那么同样令他们感觉光荣的消费习惯，那些未经加工的牛排、没有添加剂的海鲜和无污染的有机蔬菜，又是从哪里来的呢？

就在那一天晚上，听说马丁在家中大发雷霆，原因是，他在厨房的垃圾袋里，意外看见了自己"远大农场"的商标。简妮愤而要解雇管家，管家结结巴巴地解释说，这种蔬菜的包装袋上，确实赫然写着"有机蔬菜"几个大字啊。

解决问题的方案有以下几步。第一步，在包装袋上多印上一行字：简妮亲爱的，看清楚了，这是马丁的农场生产的蔬菜！第二步，将马丁朋友们拥有的农场，列出一张清单，作为黑名单交给管家随身携带。第三步，不知根底的食物，就只管自豪地去享用吧，至少"有机蔬菜"、"天然牛排"、"生猛海鲜"等字样，能给为了节约成本而筋疲力尽的富人们，以精神上的愉悦。

迈太颇为怀疑自己得了早老性痴呆症，动不动就不自觉地走神，居
然连集中精神吃完一块牛排也做不到。

卦里乾坤

占卜者永远是知道最多秘密的人，迈太最近才真正相信了这一点。

话说迈太悠闲度日，开始对《易经》感兴趣，打算拜师学艺。"太太团"里最信占卜的杰西卡闻讯，大方地把自己的御用神算师介绍给了迈太。

拜师宴上，只见这位徐大师一身长袍马褂，一副玳瑁架眼镜，像是刚从电影制片厂里跑出来的。迈太委委屈屈地为大师添茶，杰西卡连忙列数大师神迹，来坚定迈太的信念。

两年前，徐大师曾经主动为杰西卡卜过一卦，断定杰西卡的先生詹姆斯在一周内，有一个去西半球发展的机会，这将是他一生最旺的机遇。果不其然，这句话出口的第七天，詹姆斯告诉太太，加拿大的一个合作伙伴邀他过去发展。

要是在平时，杰西卡绝对会阻止先生远行，不过因为徐大师这一卦，她第一次感觉到了命运的强大，逆天而行未必会有好结果吧？

杰西卡是没法离开上海的，她这里的生意走不开。况且徐大师也并不主张她迁移，据说不祥。于是，杰西卡决定让先生一个人到加拿大去单飞几年。

接下来的日子里，杰西卡更是见识了徐大师的功力。詹姆斯什么时候将汇钱回来，什么时候将回家省亲，徐大师都算得分毫不差。是以，杰西卡每次想要去加拿大省亲，也问过徐大师是吉是凶，再行确定日程。

听毕这一切，迈太跟定了徐大师。

徐大师千算万算，可叹没有算到，自己会遇到精灵古怪的迈太。一个月后，迈太开始反过来跟徐大师讲解《易经》。两个月后，迈太跟徐大师比赛占卜明日天气。徐大师最大的失误在于偷听了天气预报，这使得他的错误率高达八成。而迈太就是拿个分币扔正反，错误率也至多过半。三个月后，迈太终于知道了徐大师的秘密。

原来徐大师跟杰西卡熟，跟詹姆斯更加莫逆。他从两年前开始，就领着詹姆斯的高薪。两人先是合奏了一曲命运交响曲，詹姆斯这才得以带着新欢娇娘，远渡重洋，在太太视线无法到达的异国，日夜欢爱。接下来，有了徐大师在杰西卡身边驻守，詹姆斯甚至不用担心太太的飞行检查。

某天深夜，詹姆斯正沉醉温柔乡，忽然电话铃声大作。

詹姆斯惊问，徐大师，什么事这么急，难道是杰西卡已经飞来了？

只听见电话那头，徐大师低沉的声音如谶语般传来——詹姆斯，你必须马上回上海，刚刚我卜了一卦，你继续住在加拿大，必有大灾。

当一个人面对自己的命运时，总是难免会感到虚弱，即便传达命运的，是你曾经买通的占卜师。徐大师数着杰西卡给他的另一份高薪，剩下詹姆斯在西半球的黑夜中，听着时钟的滴答声，冷汗直流。

福布斯上榜大师

养尊处优，加上胡思乱想，这是富人多病的根源所在。

健康活泼的迈太，自从嫁入豪门，每天除了胡思乱想地写专栏外，袖不沾水，袍不染尘，渐渐也染上了富人的通病，变得娇弱多病，看了昂贵的专家门诊无数，却不见好转。

某天傍晚迈克回家，惊喜地看见迈太双颊润红，一改病弱模样。迈克询问缘由，迈太笑而不答。第二天，迈克发觉迈太更加精神奕奕，再问，迈太依旧一脸神秘。第三天，当迈太重新活泼健康地出现，宛如当年恋爱时的模样，迈克终于醋意大作地认为，迈太如此奇迹般地康复，多半是有了新欢。

迈克审问迈太，这难道是爱情的力量吗？

迈太虔诚地答，是大师的力量。

原来机缘巧合，迈太结识了一位气功大师。这位大师愿意慈悲出手，拯救迈太于病魔，每天给迈太发一次功，据说七天之后，迈太就能彻底痊愈。

迈克轻蔑地冷笑说，这样的江湖骗子你也能相信？他收你多少钱？

迈太答，不收钱。

迈克将信将疑地问，那他是不是在上海开业，想利用你这个名人来做口碑？

迈太答，他不在上海，也不靠治病开业。他是上市企业的董事长，这次还是特别坐自己的私家飞机，飞过来给我发功的呢。

迈克不禁大跌眼镜地追问，他是谁？

迈太伏在迈克的耳边，轻轻吐出三个字，迈克的神情，登时变得比迈太更加虔诚，有如听到了心中信仰的号角。这位大师的名字很熟悉，不曾见于武林秘籍，也未曾出现于宗教典籍，而是一直高居福布斯榜上。

迈克严肃地对迈太说，你完全可以信任他，就算他说能够起死回生，你也务必考虑相信。

这个时代，你宁愿相信一个富人自诩大师，也不要相信一个贫寒的主任医生。因为所有的人都可能为了金钱说谎，除了完全不缺钱的人。

接下来的几天，大师的企业公务繁忙，没法驾机飞来，只好远程发功。大师的秘书向迈太透露，大师某天与省长大人一起打高尔夫，连连催促省长快快出杆，说是有特别重要的事情，必须赶时间回去。结果省长大人还剩两个洞没打完，就扫兴而归。

迈太汗颜地推算出，那天下午，大师所说的特别重要的事情，就是给她远程发功。

七天过去，迈克问迈太，你的病真的完全好了？

迈太说，至少大师电话问我的时候，我告诉他，我完全好了。

这个时代，我宁愿相信并成全一个富人的爱心，也不会对一个穷人的亲密稍稍动心。因为所有的人都可能为了金钱虚情假意，除了完全不缺钱的人。

被世界遗弃的人

　　如果网络有朝一日忽然裸裎相向，你会发现，直到凌晨还在网上谋杀时间的大户，只有两类人：一类是没钱也没生计的赤贫，一类是功成业就的富人。

　　别看迈克每天睡到中午的慵懒模样，好像他有多么需要睡眠似的，迈太了解他的底细。其实迈克患有严重的网游沉迷症，当世界沉睡的时候，他和无数赤贫一起，在电脑前无声无息无破费地消磨富余的精力。

　　迈克也明白，这样的状态实在有悖心理健康。他总在临近午夜的时候，央告迈太，哈尼，你今天一定要劝说我早些上床。

　　可是只要一过午夜，迈太无论怎样苦口婆心，以利威逼，或以色相诱，迈克也尾生抱柱般抱紧电脑，越玩越起劲，到了这种时候，唯一能起到警告作用的，就是第二天一早从云层里露出笑脸的太阳公公了。

这天午夜前，迈克又央求迈太，哈尼，待会儿记得劝我睡觉，不要手软。

迈太说，哈尼，你知不知道，你现在叫我到时候催你睡觉，可是一过午夜，你就会努力和我顽抗到底——半夜十二点一过，你就会变成另一个人，你的对立人格就会跑出来，就像人狼啊什么的，只有等太阳出来了，你才能再次恢复神志。

迈克顿时非常得意，被迈太总结出对立人格之后，他不再自惭形秽，他感觉自己的内心原来何其丰富，简直是有艺术家的气质嘛。不过他还是表现出一贯的喜怒不形于色，故作随意地说，到时候，反正辛苦你使劲说服我就是了。

这话说得就和真的马上要跟这个人格告别一样。

此刻，午夜的钟声敲响了，迈克再次与电脑深深地融为一体，物我两忘。

富人的每分每秒都是价值千金的。只可惜正因如此，迈克的大部分时间都是闲置的，员工们懂得轻易不能来打扰他，连客户也因为想省一些他按时计收的高额谈话费，没有大事不找他亲自处理。可怜迈克，养生得当，徒有浑身精力无处发挥，只能在黎明的网游中得到消磨。

迈太安慰迈克说，哈尼，网游虽说浪费了可以兑换成时间的金钱，好在不浪费已经纳入口袋的银子。

迈克说，哈尼，这才是富人最大的悲哀。

要么用时间来赚取大把金银，要么用大把金银来谋杀时间，不过这绝对不是一个真正的富人所能享受的乐趣。你是一个成功的富人，你露面的

你是一个成功的富人，你就必须按着秒表来计算到达和离开的时间，即便你时常一个人闷坐在家里苦苦等着太阳落山。

时间就必须看似价值不菲，你不能给客户、下属和公众留下时间宽裕的印象，你必须按着秒表来计算到达和离开的时间，即便你时常一个人闷坐在家里苦苦等着太阳落山，你当然更不能总在外面花钱消费时光，并且没有很好的应酬理由，这会让人严重怀疑你是否分秒如金。

所以，你唯一的出路，就是黎明在电脑的微光前偷偷网游。此刻，所有一文不名的失业者，被社会遗弃的穷人们，都正在虚拟的世界中，实现变身为王者的满足。所有无处可去、精力过剩的富人们，也尽可以在蒙面的网络世界中，照旧做你的大人物，反正在这里，没有人会质疑一个大人物为何会闲得无聊，他们只当你也是一个时间如粪土的空想者。

迈克闲得发慌，迈太却着实很忙，咖啡喝得她险些咖啡因中毒。数量惊人的富人排队找她聊天，其中最话痨的，要数某位福布斯榜上有名的大佬。

大佬当然必须有日理万机的派头，遗憾的是，他的企业攫取剩余价值的体系严谨规范，无可忧虑，且过于井井有条。大佬寂寞得紧，虽然每天都安排接见个把人，可是能接见的不能每周接见，亲切会削弱他富人的光彩，不够身份被他接见的更是绝大多数。

更惨的是，大佬年岁已老，戴着老花镜学迈克般夜夜上网，显然目力不济，练书法习国画时间更慢，实在堪称晚景凄凉。

起初大佬给迈太打电话，总有四五个秘书转来转去，让迈太等上十几分钟，其实他在那头枯坐数烟灰。等迈太有了他的私人手机号码，才发现一天二十四个小时，他分秒on line，比迈克忙音的时候还少。

迈太天天四处奔忙被聊天，一是因为她乃所谓知性女子，作家嘛。二是因为所有的富人都有宝贵的时间雪藏着花不掉，好比课本上说的，资本家把牛奶倒进河里。三是因为，所有的富人都以为别的富人真的很忙，就像他们都以为迈克忙极了，迈太应该落得清闲——对此，迈克打落牙齿往肚里咽。

待迈太结束了一天繁重的倾听，喝了数量惊人的咖啡，疲惫不堪地回到家里，迈克正可怜巴巴地坐在电脑前等她。

迈克对迈太说，哈尼，网游我都腻了，今晚你陪我通宵下五子棋吧？

可怜黎明网络上那些寂寞而无助的灵魂啊，世人都怨人生短促，唯独他们喟叹人生悠长。被世界遗弃的多余的人，除了不久前被他们解雇的穷人，剩下的就是他们这些了不起的富人了。

出版记

　　有一天黎明时分，迈克忽然厌倦了既无花销、也无产出的网游生涯，私自做出了一项对迈太生活造成重大危害的决定。

　　翌日中午，迈太从安逸的美梦中醒来，震惊地发现身边空无一人。

　　迈克呢？他昨天明明是在家里上网，难不成夜半趁她熟睡溜出去鬼混了？

　　迈太赤足踏着羊毛地毯，睡衣轻盈地飘出卧室。客厅里只有保姆在偷吃冰淇淋，看见迈太连忙惶恐地汇报道，太太，没有看见先生回来。

　　迈太怒火中烧地拨通了迈克的手机，音乐铃声竟然在家里响起。迈太循声而去，推开书房的门，只见迈克依然坐在电脑前，一脸隔夜的青胡碴，一双依然精神抖擞的眼睛，胖手指如暴风骤雨般落在键盘上。

　　再看电脑屏幕，迈太惊叫一声，原来有一篇当代巨著正在豪宅阁21A

座诞生，字句如珠玑正汹涌码起。自此，迈太不再是豪宅路上唯一的文艺青年了。

迈太以往最爱声称，我是纯文学作家。

迈克如今洋洋得意地自封，我是不纯文学作家。

迈太终日在电脑前殚心竭虑，不过一二千字产量。迈克每夜随便敲敲键盘解闷，巨著就以日产三千到六千的速度奔腾向前。转眼间，就到了一年一度的上海书展前夕，迈克的自传体小说闪亮上市。

熙熙攘攘的书店里，只见迈克的新书《三年婚姻，四年恋爱》赫然排在畅销排行榜的第二位，而迈太的《富人秀》可怜巴巴地蹲在第九名。迈太小说的优雅简装本摆在二楼文学类书籍的推荐位上，茕茕孑立，迈克小说的法国式精装本摆在书店进门的正中位置，码堆的阵势雄伟得堪比一场盛大战事的前线防御工事。

再看书店门口，迎风招摇的易拉宝上，比迈克本人还高一头胖一腰的文豪迈克巨像，正对着悻悻然走出书店的迈太，露出胜利者的微笑。

读者云集的书展上，迈克亲临新书发布会现场，引来粉丝无数尖叫。好迈克，文采风流，风度更是一流，在蜂拥而上的粉丝面前，卖书如发牌，签名一挥而就笔走龙蛇。

迈太与出版社商议，偷偷取消了自己的签售，不然，让这样一位心高气傲的美艳才女，在迈克火热的现场对面，冷冷枯坐两小时，着实会悲愤到咳血。

迈克对迈太说，哈尼，女子无才便是德，事实证明，你嫁给我就是注定要发挥德行的，这下可以乖乖在家烹饪做女红，专业相夫了吧。

迈太哀叫倒地，窗外闪电霹雳，难道心比天高的自己，竟然真的才比纸薄，既生迈太，何生迈克！

于是，迈克借此难得的机会，第一次有幸在写作上对迈太进行谆谆教导。

迈克说，当代文学创作神韵不在字里行间，功夫都在天外飞仙。你以为我写就的小说，名叫《三年婚姻，四年恋爱》吗？不，我真正讲的故事叫做"畅销无敌"——我买通了畅销书榜，一本没卖就高居第二名，但是几周之后，哈尼，我不得不坦白，小说的销售数量真的排上了畅销第二位。签售的粉丝当然也是我花钱组织的，不过签售最后临时增加的一个小时，那两百个粉丝可都是亦步亦趋的真读者。

这充分说明了，卖产品的是穷人，卖营销的是富人，而公众买的永远是富人讲的故事。

迈太再次哀叫一声，重新跌倒，这一回，窗外风和日丽，闪电霹雳不再来配合情绪。从上帝的脸色中，迈太终于意识到，所有文人的怀才不遇都不过是穷人的自以为是。正如泰戈尔曾经说过的，我们把世界看错了，反说它欺骗了我们。

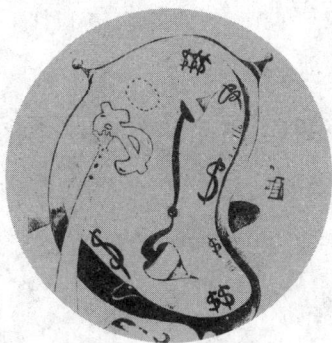

我的奋斗

《我的奋斗》，这是迈太预备在封笔的晚年，写下的《富人秀》终结版，内容将主要围绕迈太终其一生，怎样在太太生活甜腻的牛奶泡沫上，在迈克用浓浓爱情包裹的金钱教育中，固守头顶的星空和心中的艺术准则，写下不朽文字的骄人经历。

迈克听闻这个计划，忍不住仰天大笑，喷出了一大口雪茄，烟雾阴险地在空中画出一个狐疑的硕大问号。

迈太最爱用罗曼·罗兰的话描述自己的奋斗，人生是一场赌博，不管是输是赢，只要该赌的肉还剩一磅，我就会赌它。

对此，迈克总是回应以海德格尔的话，人生是一所学校，在那里，与其是幸福，毋宁说是不幸才是好的教师。迈克相信，持续的不幸，终究能让迈太回到一个专业富人太太的轨道上来。

迈太纯文学创作的历程，委实充满了不幸的考验。她被美其名曰"小众作家"，自然，"小众"的反义词，可以理解为"畅销"。

迈太唯一比较畅销的，就是她的《富人秀》。迈太坚称，她并未刻意取题材之巧，她的写作意图根本上是十分严肃的，迈克和迈太分别象征时尚与人文、物质与精神，而这个两人家庭则象征了整个社会的价值困惑、迎合和角力。

迈太正投入地向记者们侃侃而谈，忽然间，有如刮来一阵飓风，所有的话筒和录音笔都离她而去，涌向正开着保时捷前来的迈克。

话说迈克自从推出了处女作《三年婚姻，四年恋爱》大受欢迎之后，很快再次显露了他在写作上的辉煌才华，他的经管加励志著作《光荣与梦想——我和事务所的风雨十三年》盛装隆重推出，连续十三周占据畅销书排行榜第一位。

迈克在记者的镁光灯下满面红光地穿行而过，温柔地来到迈太面前，握起她的纤纤美手，轻声耳语道，哈尼，我们回家吧。

顿时，快门声再次响成一片，一帧文坛王子和灰姑娘的绝妙合影。

迈太郁闷地想，凭什么呀，商界里我们是王子和灰姑娘，文坛里还是这样。迈克怎么会走上文学道路的？那当然是因为迈太啰。迈克到底是不是比迈太更有思想有文化呢？当然远远不及啰。那么迈克的书到底是否比迈太写得更有艺术价值呢？当然不可能啰。

那为什么又是被迈克出了风头呢？

如今是迈太红袖添香地斟上茶，迈克在电脑前文思泉涌地码字了。

迈太一边沏茶，一边可怜巴巴地问迈克，哈尼，我的下一本新书，你能帮我写句推荐语放在封面上吗？编辑说，为了销售量着想，要把"迈克推荐"放到最大，横着印上封腰，把"迈太著"缩到最小，放在角落里。

迈克尽量不露得意之色地答道，哈尼，你是我的亲太太嘛，我文豪迈克就算再爱惜羽毛，也不会拒绝提携你的。

言毕，迈克又码了几行字，啜了一口茶，鉴于美女沏茶的清香沁人，迈克再次开口指点迈太，迈太连忙拿起纸笔乖乖记录，好一番亦师亦友亦夫亦妻的动人场景。

迈克说，你看这打字软件上，能自动拼写出的词语，一定有比尔·盖茨，有巴菲特，甚至还有周星驰，但是不可能有约伯，也不会有西西弗斯。

这就证明了，即使是在文字的领域，富人也注定是公众的偶像。其次就是《知音》和《故事会》，色情凶杀和星相命理，在电梯阿姨手里卷角残页，在火车站上铺天盖地，何等娱人耳目，何其手手相传——畅销就是那么简单。

当然哈尼，如果你一心要追求艺术成就，那就更简单，但凡旷世佳作，都是一生一世得不到出版，在一百年后自然会被发掘出来，得享哀荣。

可怜迈太，沏茶完毕后收拾红袖，回到自己书房继续苦思码字之道。

然而某天电脑被重装过后，她在码字中途竟然发现，迈克的名字，不知何时已和比尔·盖茨和周星驰一样，出现在打字软件的自动词组里了。是的，迈克的名字也同时频繁出现在电视台的读书节目、报刊的阅读版面，以及文学评论家的引经据典中。

迈太痛定思痛，关机沉思。迈克大喜过望，以为迈太开始考虑放弃奋斗，脱下羽衣，蜕变成一个正常的太太。

没想到迈太忽然对迈克说，哈尼，你说得对，我最大的失败，就是每年居然还能赚到版税来买面霜，从今天起，我要写一部谁也不愿出版的旷世佳作，我终于明白，我奋斗的目标，应该是哀荣无限。

麻将风云

迈克很快又厌倦了用码字来消磨长夜，改为彻夜外出麻将。自从迈克荣登"麻神"宝座，迈太开始失眠。

总是月上中天，迈太身边丝绸被褥依然冰凉，孤枕寂寞，夜阑中仿佛听到五里地外，迈克麻利的肥手指下洗牌的哗哗声。

迈太绝非小肚鸡肠的太太，并不在意一两个夜晚没有迈克侍寝，也不在意鱼翅鹅肝、绝版红酒、K歌桑拿、尊荣SPA、高尔夫，迈克有天大的自由可以挥霍他的万贯家财。

唯独麻将，迈太一闭上眼睛，就会出现儿时被组织观看过的，上海科教电影制片厂的宣教片，一盏昏黄的缺口吊灯下烟雾缭绕，两眼血丝的赌徒们青筋暴突的八只手，在麻将桌上颤颤发抖，一叠叠大钞在四个人手边变换着高度。然后是，意志失控，倾家荡产，债台高筑，家破人亡，铤而

139

走险，锒铛入狱，银幕上推出巨大而血红的字幕，赌博毁灭人生！

他们的太太呢，当然不是被押给别人换了赌注，就是伤心欲绝寻死去了。

他们是富人还是穷人呢，这不重要了吧，反正最后都会清一色洗牌成为一文不名、恶贯满盈的社会渣滓。

再看"麻神"迈克，面南背北端坐自动麻将桌前，愈夜愈精神，一双小眼精光毕露。赌神附体时，舔着巧克力，手边筹码堆到塌方。赌神打盹时，局局十三不靠，回回打啥摸啥，迈克不愠不怒，起牌的姿势依然优雅自如，摸牌的感觉依然准确清晰，出牌的动作依然帅气从容，谈笑自若面不改色堪比烈士上了刑场，壮哉麻神是也。

迈克的麻友无非圈内同吃同玩的一伙，服装大亨马修、网络精英菲利普，还有老当益壮的地产界巨擘陈彼得。虽然说好是小赌怡情，每夜输赢不过十几万，迈太还是忧心忡忡，唯恐某天迈克一时兴起，赌得把房产和太太押上桌。

迈克对迈太的抗议不以为然。他说，哈尼，麻将是最安全的娱乐，我们四个大男人整夜关在同一间屋子里，洗牌的时候连一根女人的手指也碰不到，你还有什么不满意的。

迈太悻悻地说，哈尼，凭你的体质，找女人花的钱终究有限，麻将就难说了。

好迈太，灵机一动，纠集迈克麻友的太太们，向先生统一发出麻将管理条例：自即日起，每夜每人输赢，一律报备太太团记录，但凡谁赢了钱，须奖励其中的一半给太太，作为独守空房的精神损失费；但凡谁输了

迈太对迈克说，哈尼，凭你的体质，找女人花的钱终究有限，麻将就难说了。

钱，也须再罚交一半的金额给太太，作为家庭财务损失的精神补偿金。

迈克某夜小输六万，迈太次日罚了他三万元，随便出门去买了块手表，专门用于计算迈克打麻将不在家中时，漫漫长夜她失眠担忧的分分秒秒。迈克隔天又赢了八万，迈太分得四万元，买了一副钻石耳钉，一组胶原蛋白护肤套装，以抵抗麻将消耗的岁月中，她花容的衰老。

数月之后，麻友们终于不堪重负，推举抗辩见长的迈克，与迈太为首的麻友太太团谈判。

迈克对迈太说，哈尼，对于富人而言，麻将的确是最安全的娱乐，看上去我们每次大输大赢，大进大出，实际旷日持久概率相同，累计每人几乎没有盈利和损失，我们甚至从来不必把钱划出账户，反正转来转去就在我们中间，跟这个世界金钱流转的规律一模一样。

只有对于穷人，麻将才是危险的游戏。

因为富人的麻将是为了维护金钱的规律，而穷人的麻将是为了打破金钱的规律。你看穷人即使输了几十元也会意气难平，恨不能卖了太太来弥补，才赢了几百元就梦想自己是周润发，叼着巧克力打遍全世界，一夜之间自行车换成游艇。

所以穷人之中没有赌神，只有赌鬼，而我们四位呢——迈克隆重向迈太介绍，他们分别是"麻神"迈克、"麻仙"马修、麻将高手"麻高"菲利普和麻将皇帝"麻皇"陈彼得。

鉴于麻友集团如此仙风道骨，迈太决定建议太太们酌情取消麻将管理条例，毕竟，太太的花销必须跟K房喝花酒的费用保持一个适当的倍数，否则难保市场不倾斜。

迈太万万没有想到的是，最终赌鬼上身的不是四位麻友先生，却是这三位太太。太太们不但坚决要求继续条例，而且坚决支持先生们继续麻将下去，千秋万代。

既打破金钱的规律，又不用担心债台高筑，既享受输赢的刺激，又不论输赢都有大把的银子斩获，这样危险和安全并存的极乐游戏，不属于穷人，也不属于富人，这是富人太太的专利。

七年之痒

　　迈克常说，真正的富人，情感都是内敛的，这才是高贵的标志。

　　你看那夜公园长凳上卿卿我我，远看有如一头头四臂四足怪兽的，你看那餐厅临窗二人位上，一餐吃五六个小时还仿佛有一肚子话没说完的，你看那酒吧咖啡厅里，熬到关门拖地还依依不舍难分难离的，那都是穷人的火热爱情。

　　穷人的爱情，之所以看上去如火如荼，是因为无处可去，憋的。

　　迈克在婚后反复向迈太重申这一点，并从此身体力行，再不携迈太双双共赴餐厅、酒吧和咖啡座，以满足迈太所谓穷人的、罗曼蒂克的想法。

　　迈克说得好，在我们俩的豪宅里，要洋酒有藏酒间，要咖啡有保姆煮，要晚餐有厨师，连你要烛光，我都有别人刚送的保加利亚玫瑰精油蜡烛，你还何必拉着我上外面的劣等场所和发情无处容身的穷人们挤在一起？

时光荏苒，岁月催人，转眼已是迈克夫妇结婚七年的纪念日了。

迈克懒洋洋地问，哈尼，这次纪念日，你想要什么礼物啊？或者，你拿着信用卡自己出去看看，买了回来把花掉的数目，用人民币大小写标准格式写给我，我直接交给财务划款。

迈太幽幽地看着迈克，伤感地答，哈尼，我什么都不想要，只想要你陪我出门，就我们俩，去我们恋爱时常去的那家餐厅，吃一顿浪漫晚餐。

开了七年之久的情侣餐厅，居然还未倒闭，迈克一见之下，不由啧啧称奇。但是，这家餐厅显然是大大地破落了，原因当然是不知哪个笨老板，在整家餐厅里安的都是情侣座，这样每晚每桌能翻台一次就算很幸运了。

和千百万次在家里晚餐一样，迈克和迈太对面而坐，姿态照例保持着完美的一致。唯一不同的是，家里有电视，这里只有杂志。迈克顺手拿了本杂志放在左手边，边吃边看，迈太也顺手拿了本杂志，放在右手边，边看边吃——因为家里电视屏幕是在同一方向的，所以迈太已经习惯了和迈克望向同一方向，也就是两个人的姿态保持着镜面对称——但是，为什么今天总觉得有些别扭呢？

迈克终于开口了，哈尼，你把杂志像我一样放在左边看，不就既不妨碍大快朵颐的右手运动，又能看得顺脖子了。说完就又兀自埋下头去。

好迈克，不愧为拥有高贵而内敛感情的富人，即使在七年结婚纪念日上，也惜言如金，但凡开口，每个字必有实际效用。就在迈太正要抱怨时，邻桌刚入座的一对男女，开始以极其亢奋的状态投入交谈。

那位眼睛闪闪发亮的男士，从他的第一任女友，一直讲到第七任，主题是，她们都是好女子，各有千秋，可惜还是配不上他这个内心纯净丰富细腻的好男儿。当他大言不惭地开始回忆少年时代，第一次读席慕容的心潮澎湃，迈克和迈太都想用脑袋去撞盘子边了。

迈太心道，迈克说得对，要是他们不是没地方去，早吃饱了猫到一处亲热去了，所以欲望不得满足的穷人，都是恐怖的话痨。

他们的灵魂轰炸，让迈太终于反省自己渴望的激情浪漫，要是和迈克坚持这样高谈阔论七年，不，不用七年，只用一半时间，难免就已工伤致残。

于是，在邻桌让人一身鸡皮疙瘩的动人言语中，迈克和迈太同时抬头，用无声的眼神拥抱对方——其实只是从杂志上抬起眼睛，缓解一下视觉疲劳啦——然后继续低头大嚼。

待与迈克双双走出餐厅，迈太发现时间才过了三刻钟，现在开车回家，还赶得及收看九点档的电视连续剧。此刻，她为自己的实际与理智感到自豪，在与一位富人共结连理七年以后，她的耳膜终于习惯了宁静，再经不起穷人爱情的惊涛骇浪。

然而旋即，迈太又担忧起来，她问迈克，哈尼，我们的七年，会痒吗？

迈克说，哈尼，待会儿回家用豪华按摩浴缸多泡一会儿，就不痒了，那些七年破裂的穷人，都是因为家里没有按摩浴缸，甚至连淋浴都没有，所以只能相互打斗权当抓痒。

翌日中午醒来，迈克问迈太，昨天半夜，你在做梦的时候，一个人笑了很久，你到底在笑什么啊？

迈太羞愧地回答说，一定是觉得嫁给你太幸福了，所以开心地在梦里笑出来了。

迈太太羞愧了，以至于没有说出实情，事实上，就在她刚刚彻悟了富人高贵感情生活的那个夜半，她的梦境泄露了天机，她梦见了封存的记忆里，迈克七年前追她的时候，肉麻的话说得比那个爱读席慕容的男人还多，眼睛比那个男人还要绿光毕现。

睡裤党、制服女郎和狸猫

迈克和迈太来到时尚派对，接受媒体的访问。

记者采访迈太，你是什么时候开始关注时尚的？

迈太答，当我发觉身边潮流的颜色，像洪水般淹到了腰部。

迈太此刻想说的，是"睡裤党"的故事，却碍于迈克在场，欲言又止。

多年前，迈太还是个不谙世事的小女孩，曾经在政府机关实习，有一回参加接待来上海访问的温州企业代表团。

迈太第一次见到这些意气风发的企业家，是在一间大会议室。当会议完毕，这些老总从圆桌前纷纷起身时，迈太大跌眼镜地看见，他们竟然清一色地穿着睡裤，扎眼的浅色在腰部以下清新动人，在上身格子T恤、深色西装的映衬下，就显得更加清凉。

可怜的迈太看走眼了，带有细条纹的白色长裤，和淡青色宽松裤，虽然极似睡裤，却是温州富豪特有的时尚，尊为布拉达这样的顶级品牌。而且这些有睡裤品位的温州老板，往往足蹬古姿的白色船鞋，两厢搭配，是为温州一绝。

迈太就此被时尚撞闪了腰，时至今日，还在愤懑地思忖，究竟是谁这么缺德，在温州引领了这股潮流，竟然一传十，十传百，成为温州上流社会一道惊悚的风景线。

直到前些年，这一招识别秘笈还是管用的。如果你在高级百货商店、机场国际名品店等处，看见下身白花花的"睡裤党"出现，那十有八九就是温州老板。

记者转身又采访迈克，你是什么时候开始热爱时尚的?

迈克答，当我发现身边的奢侈品牌，像制服一样耀眼夺目。

迈克此刻想说的，是"制服女郎"的故事，但是碍于迈太的存在，他羞于启齿。

多年前，迈克还是个初出茅庐的年轻人，最让他炫目的客户，就是某国际公司的女总裁莫尼卡。莫尼卡日理万机，干练泼辣，却一点不影响她的美丽，她总是一年到头，穿着款式相似的制服，但是依然窈窕动人，风情万种。

迈克在美女总裁的办公室里核对文件，以一颗青涩的心，敏感地发现了文件页眉上细小的失误。他提醒莫尼卡，这套文件上，你们公司的Logo好像印错了。

莫尼卡看了又看，说，没有啊。

迈克狐疑地问，那文件上的Logo怎么和你制服上背靠背的两个C不一样呢？

随后，迈克听到了这一生中，让他最无地自容的回答。莫尼卡优雅地指着自己的套装说，这不是制服，是我最喜欢的奢侈品牌，夏奈尔。

原来莫尼卡一年四季的衣裳和首饰，都从夏奈尔中挑选。每一季夏奈尔出了新品，殷勤的品牌服务人员，就把目录亲自送到这位大客户的办公室，让她圈点货号，再把衣裳直接送来请她试身。这不但节省了莫尼卡逛街的时间，而且消除了她所有审美的风险。

奢侈品牌的保证就是，水准的稳定、气质的一致，只要你从这个牌子里挑，审美水准再有偏差，也不会挑出特别有失体面的款式来。

迈克心道，这夏奈尔的气质还真一致，这一套套时装，如果从春穿到冬，俨然就是一个系列的制服，再加上随处可见的，背靠背的两个C字，差点就把莫尼卡打扮成了他们的分店店长。

不管莫尼卡事实上有多么像一个"制服女郎"，背靠背的两个C字，还是从此成为迈克心中耻辱的烙印，令他在以后的时光中，励精图治，钻研奢侈品牌，终于成为今天记者们都争相采访的、具有励志性质的时尚人物。

接受完记者的采访，迈克和迈太这对著名的时尚达人，一个身着夏奈尔的套装，一个腰系布拉达的浅色长裤，施施然离开派对，来到停车场准备回家。此时，一只花纹圈圈点点、毛色相当别致的猫咪，正昂首挺胸，蹲坐在他们的座驾前。

一见之下，迈克颔首说，狸猫。

迈太应和道，太子。

迈克赞，够特别，有个性，是一只了不起的猫。

迈太问，我也够特别，有个性，我也很了不起吧?

迈克摇头说，大不同。猫是越特别，越有趣，越时尚，人却恰恰相反，你必须努力跟时尚保持绝对的一致无二，但是内心还要坚定地认为自己与众不同，只有这样，你才有资格被誉为时尚。

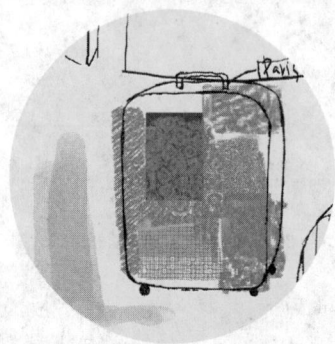

绅士勋章

富人出没的场所，显然是培养绅士的。

尊贵所在，地广人疏，这么宽的走廊，这么大的电梯，男士总不至于再跟女士抢先吧。处处有大门的地方，都有门童躬身拉门，处处有座位的地方，都有侍者伺候座椅，男士就算不动作，只要买单，这也权且能算在他的绅士行为上了。

不过迈太依然屡遭不幸。有一回，迈太与某总边走边聊，走到大门口，那位正侃侃而谈、风度十足的男士，极为自然地抢前一步迈出门去，一脚踩在迈太正往门外伸出的玉足上。另一回，迈太受某董邀请外出喝茶，某董从自己的伟大事业、私人嗜好、夫妻关系，一直讲到中学时得了航模奖，一个人足足讲了两个小时，令迈太头昏眼花。最后，他终于关注到了自己的听众，于是和蔼地问迈太，你给我分析分析，我是

赛缪只听古典音乐，每天定时定量运动，看人物传记，周末携全家旅行，尊敬女士，热爱家庭，过着一丝不苟的完美生活。

怎样的一个人？

满目泰山猿人式的男士，让迈太燃起了寻找绅士的熊熊心愿，所以，当赛缪出现在她面前的时候，迈太简直是激动不已了。

赛缪对大门有最深刻的感情。每次只要看见有门的地方，他就立刻精神百倍，像黄继光看到碉堡上的枪眼一样，疾步冲上来。向外拉开的门，他一定拉开让女士先行。向里推开的门，他一定奋力抢先推开，扶着门让在一边，请女人从容走过。

赛缪对电梯按钮也有强烈的热情，他始终站在按钮前，控制开门和关门键，还会伸出手臂，螳臂当车般护卫电梯门不意外关闭，夹到女士。

赛缪对手表有原始崇拜。他约迈太喝咖啡，迈太还没出门，就收到他的短信，我已到，你慢慢来，别着急。迈太一看时间，足足早了二十分钟。

赛缪的大脑里肯定有一幅地图，他自从第一次送迈太回家后，就比迈太更熟悉她家的转弯抹角。而且每次停车，都能停到最靠近大门的地方，只差一步就能直接开进大堂去了。

赛缪是环保主义者，他问侍者要餐巾纸，每次只轻巧地拈起一张，说一声谢谢，把剩下的还回去。赛缪只听古典音乐，每天定时定量运动，看人物传记，周末携全家旅行，尊敬女士，热爱家庭，过着一丝不苟的完美生活。

迈太无比感动地想，在这样一个绅士精神荒芜的世界上，赛缪的出现，简直是具有宗教意义的，是神迹啊。迈太不由得想起赛缪的尊贵出身，清末巨商的后裔，的确不是盖的。

迈太正要问赛缪讨教，如何培养一位绅士，赛缪却谈起了古代淑女的优雅气质。他说，以前真正的淑女，睡下去什么姿势，醒来就什么姿势，被子上会留下一个完整的人形。

迈太傻乎乎地问，如果睡了半夜身子就麻了，该怎么办？

迈太和赛缪的交往，让迈克嫉妒成狂。迈克问迈太，难道我不算是一位绅士吗？

迈太说，每次我们出去吃西餐，主菜上来，你总要先从我的盘子里抢走一半。更不用说，你常常在我还没吃完的时候，就开始一个人打盹。

迈克可怜巴巴地辩解说，我对你的心，还是很绅士的。

普希金自撰的墓志铭是怎么说的？在这里埋着普希金，他没有做过什么善事，可在心灵上却实实在在是个好人。于是，迈克终于获得了迈太颁发的绅士勋章。

尊崇体验

堂堂汽车首代罗伯特早已坐拥游艇，不过他觉得买票坐客轮的特等舱更过瘾。

一艘庞大破旧的轮船宛如战争电影中，逃难镜头的道具，数百个穷人睡在船舱的凉席上，像丰收季节的腌鱼被成排晾晒着，唯独罗伯特在乘务小姐的陪伴下，施施然穿过铺着红地毯的走道，在包间里享受乘客唯一的空调、卫浴施施和单人的私密空间。

在这样幽静如五星酒店的特等舱包房里，望着海景的波涛起伏，如果愿意，也能看见甲板上睡通铺的乘客，带着毛巾牙刷走来走去地活动僵直的腿脚，这番待遇比之私人游艇上的独孤求败，绝对更能让罗伯特深深体会到，什么叫做尊崇无限。

浙江富豪萧元好虽然后院有私人飞机，前胸侧袋里揣着飞机驾驶执照，但是他还是更享受坐民航班机头等舱的感觉。

半躺在宽敞的座椅上，背后有像沙丁鱼一样笔直插在经济舱里的穷人们做陪衬，这番时光岂不好过在寂寥的太空驾驶小飞机、衣锦夜行地做飞行侠？

富人生来就是需要穷人衬托的，没有了穷人，富人也就当得了无趣味。

迈太不平地问迈克，富人怎么能把自己的幸福，建筑在穷人的痛苦上呢？

迈克答，不，是穷人把赚钱的机会，建立在富人可悲的嗜好上。

你看各行各业，哪里没有专门留给富人的待遇，这几乎成了公众皆知的陷阱。餐厅的大堂、包房之外，有VIP包房；酒店的标准间、豪华间之外，更有超豪华行政套房；轮船和飞机有顶级舱位；面霜有白金系列、钻石套装；就连快餐店里也有至尊套餐……这个世界的各个角落都有路牌分出两个箭头，一边标着富人，一边标着穷人。

如果说，每个行业都不得不面对争取大众的价格战，好在他们还有最肥厚的一块利润，那就来自心甘情愿沿着箭头走向VIP标志的富人。

迈太很快发现，迈克所说的原理果然遍布中国。

迈太在一个个城市间旅行，途经的无论大城小镇，一律都能看见已经建成或正在建造中的国际名品一条街。尽管那些模仿着新天地的调调，在老房子基础上修筑得完美绝伦的轩宇雅阁里，除了必恭必敬的店员外，往往长日没有其他人影，宛如鬼街一条。

这种冷清当然完全不必担忧，就是要这种万人绕道远远渴望的派头，富人才会欣然光顾。不需要更多的顾客，只要有个把败家女式的贵妇，轻轻吩咐一声，这一季的所有新款内衣，尺码80E，每种颜色要一件，统统包起来。或者有一两个文莱苏丹式的阔佬，拍着胸脯嚷嚷道，这一款跑车，红、黄、蓝、白，每种颜色要一辆，满足这么一瞬间富人的嗜好，就能养活这空荡荡的整条街。

太太团的伊丽莎白和黛安娜，最热爱结伴逛各地的名品街，虽然她们出入欧洲的专卖店也如闲庭信步，但是她们更喜欢在陋巷改建的名品店里一掷千金。

当她们从周围晒被单、刷马桶、修剪刀补铁锅的人群中脱颖而出，挺着骄矜的腰肢出入无人的店铺，用天文数字买下一小堆细软时，小城千百人的瞩目让她们陶醉着。她们感觉自己俨然就是难得一见的神迹，降临人间。

然而，她们独一无二的自豪感被深深地欺骗了。周围注视她们的那些眼睛，几乎三两天就能看见相似的冤大头进出店铺，以同样唯我独尊的神情提着大把购物袋离开。

富人本来就没有自己想象中那么孤独。

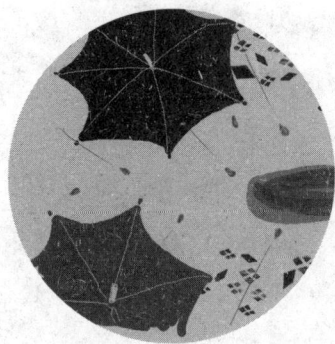

偷窃的快感

又逢先生团在会所聚餐，迈克打扮得富丽堂皇地出门，一身古姿的新款夏装，令他走进大厅时，不由自主地在光可鉴人的玻璃幕墙上，顾影自怜地欣赏了一眼。

要在这个定期的富人聚会上，始终成为焦点人物，实在是件压力巨大的事情。不光是迈克，每个人都像参加奥斯卡颁奖礼一样，服装暗藏精致，眼神精光四射，话题波澜壮阔。

网络新秀菲利普大谈最近高尔夫的成绩，从周一在球场的进球，周二在球场的趣闻，周三在球场的艳遇，一直讲到周六的球童逸事，显然是暗示大家，他整整一周都泡在高尔夫的享受中，俨然诸葛亮在城头悠闲弹琴，城中的实力自然可想而知。

服装大亨马修新买了两匹骏马，据说身材俊美、毛色锃亮，正养在他新圈的马场。他一边力邀大家去试骑一番，一边看似漫不经心地说，这好马也不算贵，两匹的价钱加起来，还不够付我太太从欧洲新定做的一串项链呢。

迈克正犹豫着，在这样的局面上，是不是还有必要谈一谈自己对名牌夏装的品位，只听见地产巨头陈彼得发话了。他指着自己摆在一边的皮包问大家，这个包看上去怎么样？

大家登时肃然起敬，细细审视后，纷纷赞道，很不错啊，乔治阿玛尼的新款吧。

只见陈彼得诡秘地一笑，得意洋洋地宣布，这是我从秀水街买来的，才两百元，你们看这做得多地道，跟真品看不出什么两样吧？专卖店里起码要卖两三万吧？

众人愕然，面面相觑，稍后，一起发出了严重的赞许，真是一件好买卖！

一桩聪明的买卖，始终符合富人们的集体无意识，不管那件事是否体面。陈彼得出其不意的风头，这回算是出定了。

迈克一转念，咬咬牙，大声宣布，我这身古姿的夏装，假的，四百元。

只是把价格的尾数去掉了一个零，他一下就和陈彼得一起，成为了当天的明星人物。当陈彼得向他投来情投意合的一笑时，迈克觉得自己的信用卡，简直比窦娥还冤。

迈克委委屈屈地回家，向迈太汇报，陈彼得买了一个仿冒的乔治阿玛尼新款皮包，大家都在夸他聪明呢。

迈太惊讶道，这个世道，居然有小偷公开炫耀他的赃物，居然还有人夸他。

几天后，迈太在淮海路逛街，更为惊奇地看见，陈彼得和迈克正肩并着肩，在即将关闭的襄阳路上，乔装购物。迈太袅袅婷婷走上前去，叫了声哈尼。迈克和陈彼得一起惊慌失措地回头。只见陈彼得一下子窘得满脸通红，也顾不上跟迈太打招呼，就说着再见，跌跌撞撞地消失在人群中。

迈克看着他的背影，喃喃地说，奇怪，上次还当众显摆那只皮包呢，这次躲什么躲啊？

迈太说，这不一样，小偷固然有时候会炫耀赃物，但是当他在犯罪现场被人看见的时候，总免不了慌张。说着，迈太坏笑着问迈克，那么，你在这儿又是做什么呢？

迈克飞快地回答，事实上，我是卧底。

太太团是怎么炼成的

迈克说，我爱的就是迈太的孤傲不群。

迈克出此言，也是无奈为了维护太太，因为迈太曾公然对太太团下了一个评语——腰大无脑——并且声称决不同流合污，保持特立独行。

然而，没有人可以在锦衣玉食的生活中，不受诱惑，不落窠臼，迈太也是如此。

尽管迈太是那么热爱崇尚平凡与自由，当一张至尊信用卡和一张伊伊百货的钻石卡摆在梳妆台上的时候，她还是不免被珠光宝气的时装勾去了魂。

对于伊伊百货，迈太保留她的意见。迈太觉得，这家高级百货什么都好，就是各个专柜的衣裤尺寸都太不严谨了。

迈太牛仔裤的尺寸原本是27，某日她在专柜看上了一条牛仔裤，结果售货员帅哥奉上的27号，她居然在试衣间里折腾半天没套上。她赧然对售货员帅哥说，我可能发胖了，这27号的怎么完全穿不上。

帅哥甜笑着飞快地答，小姐，不是您发胖了，我们品牌牛仔裤的尺码是偏小的，本来穿27号的要穿28号才合适，怪我没讲清楚，要不，我拿一条28号的给您试试？

迈太欣然买回了一条比皮裤还贵的牛仔裤，28号，没事，这只是尺码做得不准罢了。

半年后，迈太再次来到同一专柜，指着另一条新款牛仔裤说，请给我拿28号的试穿。

不一会儿，迈太又在试衣间里沮丧不已，她使劲吸气，全力蹦跳，费尽了周章，牛仔裤还是扣不上。迈太一脸窘迫地走出试衣间，发觉正好又是那个售货员帅哥当班。她羞愧地把牛仔裤还给帅哥说，我可能真的胖了，怎么28号的也穿不上呢……

帅哥熟练地答，小姐，不是您胖了，我们这批新款牛仔裤的尺寸更偏小一些，本来穿27号的，要穿29号才差不多，要不，我拿一条29号的您试试？

迈太再次欣然买回了一条29号的牛仔裤，没事，尺码牌是可以拆掉的，既然这是生产中的一个错误。

除了偏爱这个专柜的牛仔裤，迈太也偏爱隔壁专柜的衬衣长裙。无独有偶，那个专柜的尺寸也总是出差错，这让迈太开始恼火。

第一回，迈太试一件吊带背心，她要了S号，奇怪，紧勒得很。售货员女孩见状，忙承认错误，对不起，小姐，我们品牌的尺码都偏小，我给您拿一件M号的吧？

第二回，迈太试一条裙子，连M号的都系不上，女孩又上来道歉作揖，小姐，我们这个款式的裙子尺码更偏小，要不，您试试L的？

迈太抱回了一大堆尺码错误的衣衫，暗自抱怨现在的生产厂商越来越不负责任，直到有一天，她忽发奇想，走进一家久违的街边小店。她指着一条牛仔裤对老板娘说，请给我拿条27号的试试。老板娘看了她一眼，扑哧一声乐了，说，小姑娘，你能穿得上27号的吗？我一看就知道，你得穿29号的。

迈太申辩说，我一直是穿27号的。

老板娘不客气地答，去去去，我这儿都是特价的，要买就试29号的，不买就别胡闹，反正我告诉你了，你穿不下27号的，别撑坏我的裤子。

迈太终于明白，为什么太太团都是腰大无脑的了，穷人有衣裤尺寸的警告与鞭策，而富人没有。这一切，怎么能是她们的错呢！从此以后，迈太放下架子，彻底融入了太太团的大集体，称体重的时候，一起抱怨伊伊百货售货员们的巧言令色，美食当前的时候，转而抱怨各大品牌的衣码越来越不靠谱。

迈太这么做，不为改变孤傲不群的口碑，只为苏格拉底说过，如果我们把每个人的不幸堆成一堆由大家均分，大多数人都会甘愿接受一份，欣然离去。

迈太相信，这是太太团形成的根本原因。

迈太再次欣然买回了一条29号的牛仔裤，没事，尺码牌是可以拆掉的，既然这是生产中的一个错误。

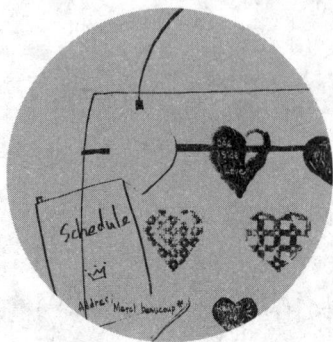

危险的购物

　　无论你是穷人还是富人，无论你拮据或家财万贯，购物的欢欣与悲哀是一致的。

　　浙江富豪萧元好，豪情万丈地买下了某市的标志性建筑——衡江酒店。这酒店实在非同小可，优雅的老楼院落，气派的旧日威仪，那可是当年专供接待领导和外宾的所在，是以成为该市庄严形象的化身之一。早在上世纪八十年代，萧翁莅临该市，曾拍出一叠人民币，无奈因为身份所限，没能入住。

　　当萧元好在迈克的陪同下，雄赳赳办完所有交接手续，端坐在衡江酒店董事会雕花的头把红木交椅上，他兴奋扑腾的老心灵，有如他们家的年轻女保姆，第一回穿上属于自己的阿玛尼套装，简直是有点感慨万千了。

　　这种捧着购物袋回家的巨大欣喜，可怜没能持续很长时间。

　　衡江酒店的生意早已不如人意，优雅的古旧，并不能让每年签付维护费的手保持优雅的镇定。那一边，该市的酒店集团收了萧翁的巨款，很快建了新酒店，顺理成章地掠走了原来衡江酒店的客源，包括领导和外宾。这一头，衡江酒店这朵萧翁心中曾经的红玫瑰，化作了他大好资产中的一滴蚊子血。

三年后，萧元好又是在迈克的陪同下，灰溜溜地办完所有交接手续，衡江酒店重新回到了该市的怀抱，萧翁只收回了当初四成的收购款。

迈克安慰萧翁说，世上谁能抵御购物的诱惑？穷人和富人唯一的不同是，穷人的失误只能默默无闻地犒劳衣柜里的蛀虫，而富人的失误，至少还能留下洛克菲勒大厦一度易主的史话，这种愚蠢与豪迈、自大与悲壮，岂是信用卡入不敷出的穷人所能企及的呢。

服装大亨马修，最近从董事会申请到一笔款项，同样雄赳赳地在迈克的陪同下，买下了一座商场和一家纽扣厂，美其名曰，前向一体化和后向一体化。

他兴奋于自己王国疆域的拓展，虽然自从买下这两项产业后，他作为集团总裁的日常工作更加繁忙了，商场和纽扣厂的巡视与管理，让他几乎把双休日也全搭上了。

马修别墅的园丁，最近也从马修这里申请到一笔款项，买了一台剪草机，他同样兴奋于自己施展空间的扩大，每周自动加班一天，用新买的剪草机，把马修家的院子修理得宛如一块专业高尔夫球场。

要说富人中购物最精明的，就是网络新星菲利普。他每次总能用很便宜的价格，买下一间小小的游戏工作室，或者一家带专利的小公司，人员稍稍扩充，报表重新一做，就编纂出一套美轮美奂的PPT，蛊惑其他买家，转眼间易手他人，卖价已然不可同日而语。

迈克向迈太感叹道，如果菲利普化身穷人去淘小店，那一定堪称女人中的女人！

不过菲利普毕竟还是一个男人，至少在他太太的陪衬下。因为他的太太至今还保留着贫苦店员出身的习惯，每次到香港购物，总是不辞劳苦，大包小包买回免税化妆品，然后加价转手卖给太太团其他成员，以此贴补一些家里的水电费。她甚至连小包装的赠品，都会按容量合理标价，卖了收钱。

至于迈克呢，他去年一时兴起，买下了一家头脸时尚的广告公司。他不管业务，不管设计，只在高兴的时候，去花花绿绿的办公室转一圈，和美丽的电脑小姐聊聊创意，随便在总经理的点头哈腰下翻一翻报表。

他声称，他此举是为了有一个地方，可以让他观察人类的行为。当然他也时常嘀咕，那些报表不作假才有鬼。

迈太可买不起一家公司，所以她从不用为报表的猫腻操心，她的零花钱只够买得起一缸金鱼。她高兴的时候，就在金鱼缸前坐一会儿，和雄鳍伟翼的帅哥鱼类脉脉对望，随手在众鱼的阿谀谄媚中投下一把把鱼食。

穷人不能有幸买下董事长的宝座，观察人类的行为，至少他们可以得闲逛逛自由市场、花鸟虫鱼的世界，想观察什么买什么。迈太一直笃信，花一百元和花一千万，购物所得的满足与失落，事实是完全相同的。

唯一不同的是，穷人购物的悲欢要安全得多，因为不论是衣裳、鞋子，还是鱼鸟、猫狗，都比不上人类这种动物危险。穷人要防范的不过卖家，富人还得日夜提防自己买下的商品，就像衣柜里的套装随时可能变身妖魔，请神灵保佑这些为了购物的点滴乐趣，而夜不能寐的消费者吧。

地主记

十年前富人的时尚是移民，拥有一张大洋彼岸的身份证，外加宅邸花园和一个蓝眼睛高鼻子的管家。

十年后富人的时尚是下乡，在春天油菜花盛开的乡村，坐拥一片山头和宅院，有良田美景、健康食品，外加仆佣环绕同唱田园牧歌。这充分证明了，所有的中国人都有着骨子里的地主基因。

迈克的祖上是地主，这是他一直小心翼翼隐瞒的秘密，连意志最为薄弱的洞房之夜，也没有在迈太面前泄漏分毫。这么多年他始终不懈努力，为了把自己改造成彻头彻尾的都市贵族，没想到风水轮流转，迈克的这点血脉，如今令他成为富人圈中少有的，有条件实现田园梦想的时尚达人。

作为法律界业内资深人士，迈克深知，没有农村户口，就没有条件购买乡村的宅基地，而大多数富人在乡间买下的土地使用权，都是没有法律保障，随时可以被收回的。

眼看迈太正在办海外移民，迈克却飞快地成了村民。当迈克的大名，终于出现在前辈蛀迹斑斑的户籍册上，奶奶拉着迈克的手，老泪纵横，她说，孙儿啊，你总算不嫌弃地主的身份，愿意认祖归宗啦。

迈克说，我还要继承老一辈的遗志，把地主的优雅发扬光大。

迈克大刀阔斧地在村里买下了一个山头，他打算在山顶上建一栋超级别墅，拿着香港设计师的草图，材料买了，工人齐了，楼盖起了一半，却发现山上根本没有三通一平。

迈克气哼哼地找村里理论，干部说，迈先生，我们这里是农村，照亮点油灯，烧火靠砍柴，洗澡打口井，上厕所正好肥田，至于通讯嘛，你站田头喊一声不就行了？

迈太倒是很愿意尝试地道的乡间生活，流着地主血液的迈克，反而临阵退缩。至此山顶上留下了圆明园遗址般的华美墙垣，四面野草丛生，象征着迈克宏伟却残破的地主梦。

迈克一气之下把山头租给了村民放羊，租金收入正好支付村里为他看管山头的费用。在远离伤心之地数月之后，迈克才又开始觉得，拥有这项产业还是一件令他愉快的事情，他至少可以时常想起，在很远很远的地方，有一座属于他的山头……

某个秋高气爽的周末，迈克忽发奇想，决定邀请一干朋友去他的山头野餐，向众人炫耀他罕见的产业。他让迈太事先订了一打香槟，并预订厨师侍者若干，带上全套纯银餐具、水晶盘碟、锅灶天然气、冰桶和香槟杯。他们浩浩荡荡杀进村里，买了六只鸡带上山。

是夜，断墙残垣间，月光参差，秋风猎猎，犬吠悠远，厨师侍者在手忙脚乱地杀鸡拔毛，六只鸡抵死挣扎，鸡血满地，天然气的火光映着每个人狰狞的脸，杯盘刀具早已摆开，铿锵闪亮，实在宛如一场原始部落盛大的杀祭仪式，又似一幕圆明园中冤鬼重生的恐怖片。村人纷纷抬头仰望山头，争相观摩好戏，兴奋且惊惧。

鸡终于全部烤熟了，再看迈克迈太和参加野餐的每个人，头发被山风吹得有如笤帚，脸被油气熏得炭黑，像一群活鬼般咬着最后的鸡骨头，钻进汽车狼狈返回。

两个小时以后，众人入住最近的五星酒店，在梳洗完毕之后，一起到酒店餐厅补吃宵夜，并对迈克有情调的壮举赞叹不已。

从此以后，迈克在富人圈中人气急升，常有人在公开或私密场合向他讨教，如何才能成为一名优雅的地主。从此以后，迈克的山头彻底荒弃，不过他的名字伴随着这次轰轰烈烈的野餐，永远地镌刻在了村民的心里。

因为这些远近闻名的声望，从此以后，每当迈太摸着迈克的脑袋，亲昵地叫他"我的小地主"时，迈克会很严肃地纠正她说，哈尼，从现在起，你应该叫我乡绅。

迈克与水貂

这天上午，迈克做了一个梦，梦见自己正在米兰试穿一件皮草大衣，当季最热门的中长系带翻领的款式，水貂毛、狐狸毛外加搭配浣熊皮，富贵兼济狂野，令自己的帅气又上升了几百分，而且轻柔暖和至极。

迈克满意得舍不得脱下来，刚要掏出信用卡，忽然间，迈太出现在梦中，阻止他说，哈尼，这是小水貂、小狐狸和小浣熊的皮毛啊，你怎么忍心伤害这些可爱柔弱的小动物呢?

话音刚落，一阵凛冽的寒风吹来，天上飘起了鹅毛大雪，迈克死死裹住身上的大衣，委屈地呻吟道，那么谁来保护我这个动物啊!

梦醒，近午的太阳照在迈克丰腴裸露的肩膀上，被褥滑落了，迈太早起不见踪影，难怪这么冷。

就在迈克重新钻进被窝、准备小睡一觉的时候，接到了家乡村长的电话，隆重邀请他亲临视察村里新近开发的别墅小区，超豪华样板房今后随来随住，就当度个小假。迈克噩梦的阴霾顿时一扫而空，想起乡间明丽而亲切的风景，想起自己废弃的山头和一直没有竣工的田园梦想，如今有了现成的乡村行宫，这岂不是天大的美事。

迈克兴冲冲唤迈太收拾行装，保时捷一路飞驰，闪亮抵达村里。

村长隆重接待，连声说多提宝贵建议。超豪华样板房果然地道，虽然热水时断时续，蚊蝇飞舞得有些碍眼，但是挑空的客厅巨大的观景窗外山水景美，楼上楼下装饰不凡，床褥沙发产自欧洲，而且到底是在家乡度假，迈克喜不自禁。

迈克唯一不放心的，是停在样板房外的保时捷，车库没建好，停车位边上还挨着一堆建筑沙土，不像迈克自家的豪宅，森严的车库外有保安日夜巡逻。

村长说，放心，绝对没问题，我以人格担保，你这车一个轱辘也不会少！

乡村平静的一夜，迈克拥着迈太，在家乡的怀抱中听着狗吠入眠，听着鸡叫醒来，这是多么甜美的经历。再一个回笼觉到中午，迈克和迈太悠闲地起床梳洗完毕，刚打算去看奶奶，村长敲门进来，还带着一名摄影师，殷勤地说要为迈克拍照留念。

迈克得意洋洋地拍完照，婉谢了村长午餐的邀请，开着保时捷去了奶奶家。开到半路，迈太忽然说，哈尼，你刚才上车时有没有觉得，我们的保时捷好像有点奇怪？

迈克问，哪里奇怪？

迈太答，好像，总觉得，少了些什么。

迈克说，一个轱辘也没有少啊。

保时捷确实一个轱辘也没有少，甚至车身上下连细小的划痕都没有一丝，不过，遗憾的是，车牌的位置空空如也，迈克巨款拍得的8888不翼而飞了。

迈克十万火急地找到村长，村长说，没事，这车一个轱辘也没有少，不就是丢了车牌吗，在我的地盘照样开。

迈克说，那我怎么开回去啊！

村长说，没事，我们这里以前也发生过，这样吧，我给你一罐漆，你在昨晚停车的地方留下你的电话号码，刷在地上就行，别人拿了你的车牌也没有用，他无非是问你要点零花钱，你给他，他就把车牌还给你了。

翌日，迈克果然接到了陌生的来电，索价五千元。

花钱了事，五千元对迈克本来不算什么，可是迈克忍不下这口气，手握王牌颐指气使，这从来就是他，一个金牌大律师的骄傲，没想到今天居然栽在一个农民手里。迈克的一腔怒火发泄在讨价还价上，电话谈判整整持续了三天，价格下降到四千、三千、一千，最后变成了五百，可是迈克还是无法从被勒索的心态中平衡过来，他恶狠狠地继续压价。

电话那边哀叫道，老板，你到底愿意付多少钱，你说多少就多少吧。

迈克咬牙切齿地说，我要报警，我要去告你，盗窃、勒索……

到底是兰质蕙心的迈太，眼看谈判破裂，车牌就要从此失踪，保时捷变成黑车没法进城，等补上车牌回来抢救，恐怕一个轱辘也不会剩。她赶紧一把抢过迈克手里的电话，打算与对方好言斡旋。

只听见电话里传来勒索者沮丧而疲倦的声音，老板娘，我一听就知道你是好人，别的钱我也不要了，求你可怜可怜这些天我的电话费，往我号码里打一百元就成。

迈太立即买了一百元电话卡汇入对方账号，迈克痛心疾首地看着这一幕，仿佛看见自己的噩梦得到了印证，虎落平阳，被水貂和浣熊欺负了。勒索者果然守信，收款后旋即通知迈太，车牌其实没走多远，就埋在停车位旁边的那堆建筑沙土里。

酷日当头，迈克和迈太挽起袖子，一人找了一把铁锹，开始挖土。半个小时过去了，一个小时过去了，车牌依然踪影不见，山一样的沙土堆已经被挖开了大半，迈克的手掌起泡，头发灰蓬，爱马仕的T恤衫满是泥黑，汗水一直流到了肚子上。远处希望的田野上，农民伯伯正在锄地，左近别墅的工地上，建筑工人在竖起一块广告牌，此刻，好一派乌托邦大同世界的火热劳动场面。

迈克终于气力全无，两腿一软，气喘吁吁地瘫坐在地，满眼金星中，他忽见正竖起的广告牌好生眼熟，再一看，这不就是那天村长给他留影的照片吗，自己怎么分文没收，就成了别墅的形象代言人。

这时，建筑工人们也认出了迈克，他们扯着嗓子问迈克，喂，你干什么挖那堆土啊？

迈克已经累得只有出气，没有进气，迈太在边上帮着答，我们前两天有东西掉在里面了，正找呢。

远处传来了工人们的喊声，别找了，昨天那堆土已经运走了，这堆是今天刚堆上的。

迈太出现在梦中，阻止他说，哈尼，这是小水貂、小狐狸和小浣熊
的皮毛啊，你怎么忍心伤害这些可爱柔弱的小动物呢?

谁在使用九位数

迈太一觉醒来，忽然发现这个世界上已经没有穷人了。

中午，总是借钱不还的一位老同学，电话召集大家吃饭，声称自己的广告公司一年生意几千万。下午，迈克那位刚破产的客户托尼，又来邀迈太参加他新工厂的开幕式，号称投资了几千万，还是美金。更加难以置信的是，傍晚，新邻居敲门来借鸡蛋，聊到他的货运生意，开口闭口都是几个亿。

迈太急召迈克回家，紧张兮兮地向他报告，亲爱的，原来我们快要成为穷人了。这个世界日新月异，现在已经没有人希罕赚几百万了。

迈克笑道，广告公司当然可以号称几千万。广告代理嘛，几千万的现钱他们是没见过，不过这不打紧，他们账上的应收账款和应付账款，应该都有过千万级的数字。

工厂号称投资几千万美金就更容易了。那片破产剩下的空厂房算是投资，别人合作搬进来的设备也算是投资，再加上品牌、技术什么的所谓无形资产，七估八估，几千万美金里，恐怕投入的现金有几十万就不错了。

至于货运生意号称几个亿，多半不是运费，而是这么多年的货款总额。

迈太忿忿道，这么虚张声势，他们不怕长出长鼻子吗？

迈克说，原谅他们吧，他们也是生活所迫。这个时代，你什么都可以装，除了不能装可怜，没有人雪中送炭，大家都忙着锦上添花。所以，你常常会因为看上去有钱，而变得真的有钱，也常常会因为假装很发达，于是真的发达起来。

果然，托尼号称投资千万美金的工厂一开张，就有人来锦上添花。主动上门接洽的沃尔特贸易公司，据说每年生意过亿，他们声称就是要跟有实力的工厂合作，开口就是几千万的订单。托尼受宠若惊地立刻准备签订合同，一个电话请来了大律师迈克。

迈克想着即将进账的律师费，连连恭喜托尼，施施然也锦上添花去了。

签约谈判出乎意料地顺利，除了付款条件。托尼要求贸易公司先付一半款项，他的工厂没现金周转，有了这笔预付款才能买原料开工。贸易公司则要求工厂先提供一半货，原来他们也是空手道，全等着把货卖给下家以后，再拿钱来付给上家。

迈克坐在谈判桌前，伤感地恍然大悟，他发觉自己这朵锦上花，不慎插在了牛粪上。

回家之时，迈太正在看电视转播萨达姆的审判。萨达姆质问法官，你是谁?

迈克一边解领带，一边悻悻道，有这么多开口闭口几个亿的人，现在连我这个真正的富人，也不知道我是谁了。

赈灾记

灾难真的来了，这回不是富人们神经过敏的狂想，美丽宁静的内地发生了地震，每一个中国人都在深深地为之伤心，迈太更是哭得稀里哗啦。

迈太说，地震了，咱们捐款吧。

迈克说，好的，哈尼，咱们捐。

迈太说，你是富人，得多捐。

迈克说，好的，哈尼，咱们多捐，捐款上写你和我两个人的名字。

迈太说，我虽然穷，可是我要拿自己的稿费捐。

迈克和迈太已经捐了款，迈太还是每天以泪洗面，让迈克好不心烦意乱。

迈克说，哈尼，我再做些什么你能心情好一些呢？

迈太说，你让你们事务所每个律师都捐。

迈克说，没问题，谁不捐款我就扣谁工资，并且上报司法局列入没良心黑名单。

迈克事务所全体员工的捐款已经汇到了红十字会，迈克兴冲冲地回家把胜利成果告诉迈太，就看见迈太对着电视机，哭得鼻青脸肿。

迈太如此悲伤，让迈克心碎不已，迈克说，我的小哈尼，我的小心肝，悲剧已经发生了，我们钱也捐过了，心也痛过了，你到底要我做什么，你才能不哭了呢？

迈太说，还有很多很多可以做，比如说可以筹集物资运过去，那边需要净水、粮食、帐篷、药品，婴儿需要奶粉，女人需要卫生巾，比如说可以去做志愿者，帮忙发现生命和运送伤员，比如说，将来咱们还可以领养孤儿，或者去那边支教。

迈克大叫，停！哈尼，你知道我既怕麻烦，又怕艰苦，最怕丢了性命，捐过钱就行了，干吗还要操这么多心呢。

迈太闻言，一声不吭地关上电视走开了。

第二天中午迈克醒来，发现身边衾枕冰凉，迈太不见踪影，梳妆台上摆着一枚粉红信封，上书"迈太致迈克"，打开一看不要紧，只惊得迈克跌坐床上，迈太娟秀的字体赫然写着，哈尼，我去灾区了。再打她手机，关了。

迈克慌乱之下跟事务所的全体律师商量对策。

律师们说，灾区有这么多领导干部、子弟兵和志愿者，被埋一百多小时的伤员都能得救，几十万灾民都能安置，更不用说一个迈太了。

迈克还是急得坐立不安，他决定筹集物资运到灾区，顺便去找寻亲爱的迈太。他看着订购来的帐篷想,也许其中一个正好是给迈太遮蔽风雨的。他数着送来的药品想,也许其中几盒正好能让不幸受伤的迈太脱离危险。他看着一摞摞堆得高高的矿泉水想,也许其中一瓶正好能给迈太解渴。

迈克来到成都机场做了一整天的搬运志愿者,一边搬一边想,也许其中有一箱是为迈太搬的。迈克在绵阳的救援中心笨手笨脚地照顾孩子们,看着孩子们安详入睡,他忽然心底万千涟漪地想,也许自己也该和亲爱的迈太一起,生一个亲爱的小迈克了。

迈克最后因为发现自己碍手碍脚反而添乱,自觉地回到了上海。

那么他亲爱的迈太呢?迈太其实并没有走远,她在成都震得墙壁剥落的旅馆里,每天努力地写专栏通报救灾新进展,呼吁大家多献爱心,并且顺带把稿费也一并捐给灾区。她这天正写着,忽然看到网上迈克做志愿者的照片,她的心里暖暖的,于是柔情满怀地写道——

对于浩瀚的无常而言,我们这些活着的人都只是幸存者而已,灾难教会我们更要珍惜彼此,珍惜每一个生命如同珍惜你最亲爱的人,体恤每一个人类如同体恤自己。

如果你觉得灾区离你很远,那就请你设想一下,如果你的家人,你的至爱在那里,那么,你还会无动于衷吗?

温柔一刀

如果有人要给你股权，相信我，那一定是一场灾难。

这一夜月黑风高，迈克富丽堂皇的家门，被暴风骤雨般的拳头叩开，四年前的一幕再次重演。IT新贵菲利普失魂落魄地闯进门来，向温柔的女主人迈太，要求一杯威士忌加冰。

四年前的情景还历历在目，菲利普大口地喝着威士忌，忿忿地对迈克说，我被解雇了，我丢了我的股权，我要告他们。

当时身为金领CEO的菲利普，拥有公司百分之十五的期权，被允诺在公司上市后办成实际股权。就在上市前夕，董事长开始非常心疼那百分之十五，于是对菲利普痛下杀手。一个已经被解雇的CEO，当然是无权获得期权兑现的。

四年后的这个台风夜，世界颠倒，菲利普竟然极为严肃地问迈克，我不要我的股权了，怎样才能办到？

离开旧老板，菲利普另谋高就。千挑万选的新老板，手笔大得让菲利普感动，公司注册资本一千万，四百万的股权用的是菲利普的名义，菲利普立马成了股东级的CEO。

验资以后，其中四百万的资金被抽走，董事长说，你可以在公司运营中，用你股权分到的利润，来填满这四百万。这个建议合理，菲利普连声称谢。

菲利普正要用剩下的六百万来大展宏图，董事长忽然兴致勃勃地来看办公楼。董事长揽着菲利普的肩膀，亲切地说，你看这层办公楼多好，阳光充沛，风水旺盛，现在租金这么贵，不如我们买下吧。菲利普在如此融洽的氛围中，欣然点头。

四百万买了办公楼，还剩下两百万，董事长又与菲利普商议说，有一家广告公司经营得不错，不如由我们投一百万参股，既有投资回报，将来又可以靠他们做广告，一举两得啊。

在菲利普担任CEO的漫长历史中，第一次与董事长频繁往来，亲如兄弟，这个场面怎么看都比较诡异。菲利普静下来算了一笔账，忽然意识到，在他运营的诸多公司中，这个公司将是唯一没有亏损可能的，因为公司的资金，几乎都在董事长的建议下，变成了固定资产和投资，可动用的已经所剩无几。

当然，这样一来，盈利的挑战也是匪夷所思的，因为菲利普首先必须徒手赚来一千万，这样按股权比例，他才能分得四百万，来填满自己的空股。

在这个可怕的夜晚，菲利普发现了一个惨绝人寰的秘密，原来自己才是即将真正出钱投资这家公司的人，而绝对控股的却已经是别人。

在这个可怕的夜晚，菲利普发现了一个惨绝人寰的秘密，原来自己才是即将真正出钱投资这家公司的人，而绝对控股的却已经是别人。

　　迈克听罢菲利普的控诉，也问迈太要了一杯威士忌。他一饮而尽，然后对菲利普说，兄弟，现在唯一的方法是，你回家收拾细软，趁着天黑上路吧。如果你能徒手挣一千万，什么董事长和股权都不需要了。天雨路滑，脚下小心。

天生妄想狂

　　风险投资的黄金时代又来了，这次比若干年前的IT泡沫还要疯狂。VC们大包小包地背着巨额资金飞来中国，几十亿美金用不出去，把他们都急哭了。

　　星巴克里，到处是手捧商业计划书，绘声绘色向老外讲故事的人。媒体上随处可以看到这样的故事，某人被重金砸到，一夜之间成为手握巨款的CEO，宛若男版的水晶鞋与玫瑰花。迈克夜夜在被子里偷笑，投资合同签疯了，律师费也赚翻了。

　　得意忘形的迈克没有觉察到，在这个奇迹辈出的年代里，迈太正奇迹般地显示出了无与伦比的商业才华，并即将成为一个炙手可热的职业经理人。

　　迈克的朋友杰克，有一天力邀迈太去他的办公室小坐。说小坐是十分形象的，杰克的办公室实在太小，虽然那是在一个高级得可以的办公楼里。

在这个非常贵、非常小的办公室里，杰克打开投影仪，开始讲述他的宏图伟业：

奥运会、世博会，中国的旅游事业方兴未艾。我公司的商业计划，是关于中国面向海外的连锁度假村事业，第一阶段先造二十个度假村，每处一千间客房，全部国际豪华标准，并设有直升机停机坪和游艇码头。销售方面可以通过电子商务在海外招商……

迈太打断了杰克，我看这个项目不行，这么多客房一定住不满。游客再多，旅游也不过几天而已，又不是大学宿舍，一住就是几年。

杰克豁然开朗，拍手道，太好了，我们就利用这些个度假村，开设一个东方文化学院，哲学课讲禅学，文学课讲诗词，音乐课教二胡，舞蹈课教腰鼓，不怕老外不来常住。

迈太说，直升机停机坪和游艇码头也开销太大，除非你自己是生产飞机和游艇的。

杰克再次豁然开朗，二击掌道，我就在计划里加入直升机和游艇工厂，可以做OEM。

迈太开玩笑说，你还能捎带设立一个东方文化的媒体集团，到海外发展呢。

只见杰克三击掌后，万般认真地凝视迈太说，我能请你来运营这个媒体集团吗？哦，不，我想请你担任团队的营运总监，和我一起去说服我们未来的投资人。

迈太回家对迈克说，你的朋友疯了，我怀疑他有妄想症。

迈克说，你错了，杰克在做商业计划上是十分有经验的，他曾经得到过两笔数目不小的风险投资，运作过你想象不到的大项目。

迈太撇嘴道，他该去写小说。

迈克说，不，是你该去做商业计划。知道杰克为什么想聘请你吗？因为你是一个小说家，有妄想的天赋，这正是这个时代最赚钱的天赋啊，你怎么就给浪费在码字上了。

富人的游吟诗人

话说在资本运作中劈波斩浪的杰克，又多年未与迈克夫妇谋面，迈太只是从迈克零星的话语，而迈克也只是从先生团聚会的八卦中，时而听闻他的伟大壮举。

他用他小说家般的想象力和精妙构思，组合了全国各地二十余处烂尾别墅，做出了一份中国连锁度假养老院的辉煌商业计划，以东方养生学院的附加概念，面向西方老年人市场，据说很快吸引了上亿美金的投资，而且是三四拨人围追堵截地争着掏钱。

很快，他又致力于一统中药材江山，一个与专利纳米技术合作的计划书，据说以后的中药只要像粉饼一样直接拍在脸上就成。几千万美金注入以后，接下来他开始筹划十年内把超市的瓜果蔬菜、米粮豆类统统变成粉末。

杰克永远像一个跨时空的奇侠，化腐朽为神奇，化现实为神话，先合纵连横，再横扫行业，最后穿越狂想的极限，让账户奇迹般地灌满了钱。

迈克艳羡无比地对迈太感慨，瞧，哈尼，这才是顶级的富人精神，无限贪婪，无限自信，无限疯狂，我真是望尘莫及。

迈太正畅想这位迈克的偶像多年前一别之后，如今究竟是怎样的灿烂荣光，某天中午，她受宠若惊地接到了杰克的电话，请她到他的私人会所小聚，地址是上海某条优雅马路老房子的一号。

电话那头，杰克热情洋溢地说，我有很多朋友天天聚在这里，你也一定要来坐坐。

迈太想象那里是怎样的大亨私密出没，古董水晶吊灯底下雪茄烟雾缭绕，每天几千万美元的资金暗流涌动，只在手提电脑上轻轻地一按，随后继续若无其事地品尝红酒。

迈太问，你哪天有空？

杰克答，每天我都在，从早上十点到次日凌晨两点。

迈太受此殊荣，赶忙赴约，来到这条著名的马路，只见眼前旧式花园洋房静立绿荫丛中，俨然藏龙卧虎之地。迈太顺着号码往前数，走过三十号，风景陡变，一样是老房子，却是街面房子凄苦民居；走过二十号，门前晾晒着古雅的马桶；走过十号，头上尿片如林、滴水如雨；走过五号，杂物累叠；走到二号，是一家简陋的小饭店，小妹一边在路边刷碗，一边看着特意礼服加身的迈太。

终于找到一号的门牌，映入迈太眼帘的，是由半间街面房改建的小咖啡厅，快餐式的火车座，长条桌，门前匾牌赫然写着：上海一号会所，营业时间，早上十点到次日凌晨两点。迈太惊疑记错地址，正要电话，只见杰克殷勤地从咖啡厅迎了出来，请迈太落座，并亲自递上菜单一份。

原来这些年杰克传奇般地穿越于无数伟大的项目中间，无数漫长的小数点也穿越他的账户来而复去，他的狂想才华没有让他的口袋增加实际的数字，倒是差点把他变成了一个看过最多姿态财务报表的超级经济师，痛定思痛，他决定先朴实专心地做好一件事。

迈太支吾着问杰克，你怎么管这儿叫私人会所呢？

杰克说，虽然也要接待普通顾客，但是我准备用红酒来吸引顶级的富人客户，是有能力经常开二十万元一瓶红酒的客户群，把这里作为他们私人聚会放松身心的地方。

迈太看见有两个路人在门口停留了一会儿，目光惊疑地扫过门口的"会所"两字和空荡荡的店堂，警惕地离开了。而隔壁二号的小饭店正油烟四起忙得热火朝天，顾客坐到了街上，小弟还提着一摞盒饭，正骑上自行车去送。

杰克接着说，当然二十万元的红酒是要预订的，但是红酒会所吸引客户的关键，是菜与酒要配得好，我把功夫都下在西餐上了——而且，西餐可是个核心竞争力，比中餐更容易做到统一供应配方和原料，发展规范的加盟店，目前我正在和外地好几个饭店谈合作，要开至少四十家连锁会所。

迈太打开菜单，果然上面还有西餐供应，内容为意大利面和商务套餐。

杰克说，最关键的是，你想想，私人会所的顶级客户群是多大的一笔资源啊，我正在和法拉利谈，用这批客户资源跟他们合作，能开得起二十万元红酒的客人，你说几百万一辆跑车怎么会在话下……我不向他们推广普通的法拉利，我的概念是让他们人人都懂得欣赏和享用度身定做的跑车，就像懂得享用红酒和西餐。法拉利则把手工制作跑车的部分基地搬到中国来，由我包下一个工业园区来筹建……说起度身定做这个概念，不但跑车可以度身定做，游艇、私人飞机都可以个性化定做，我可以用同样的模式，和知名的游艇和私人飞机生产商谈合作，这些生产基地也可以一起纳入我的工业园区里……

迈太看见门外已夕阳西下，店堂里终于来了一对情侣，正在喝十八元一杯的果汁。而隔壁的小饭店正迎来第二次忙碌的高潮，在街沿上拼命洗碗的小妹，偶尔擦汗的时候偏过头来往这儿看一眼，她一定不会想到，这间冷清得让人发笑的邻店里，马上就要有跑车、游艇和飞机气势汹汹地从积尘的红酒瓶里跳出来。

杰克还在呓语般地喋喋不休：我的工业园区里齐集了国际名牌的跑车、游艇、私人飞机的生产基地，你想这是怎样的概念，我很容易就能再得到几亿美金的国外资金，包括政府的资助，建起一个标本式的产业城，然后推广到十个国家……

眼看很快天边星辰升起，隔壁的小饭店已经闭门休息了，店里唯一一对情侣也起身买单了，迈太正勉为其难地准备第十二次提出回家的请求，却又怕就此伤害了杰克失意中已然脆弱的心灵。

当此时，忽然间，一排炫目的车灯直刷刷照进咖啡厅，在听到接连几声名车特有的爽朗关门声后，几张熟悉的面孔出现在迈太面前，他们分别是陈彼得、菲利普和马修，还有迈克。

店里两瓶最贵的红酒被打开了，富人们围坐在火车座上，开始兴奋地聆听他们落魄的偶像杰克谈论各种狂想，听得眼睛在昏暗的烛光下闪闪发亮。

是的，尽管杰克如此失败，至少他仍是富人热爱的游吟诗人，因为他拥有如此出神入化的富人精神，而他的失败只是因为他在这方面实在太优秀了，过犹不及。

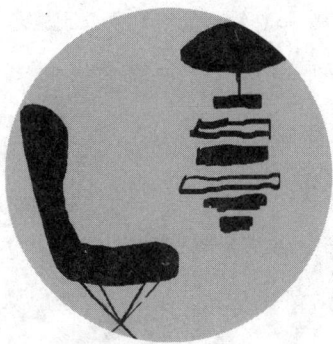

雍容不如穷人

迈太问迈克，要是我们有一天变成穷人怎么办？

迈克泰然地答，一个人一旦成为过富人，他就再也不会过上穷人的日子。

迈克的旧客户詹姆士两年前不幸破产，几个亿的身家化水，好歹剩下了太太几十万存款的私房钱和自家房子以及一辆老奔驰。有三个月的时间，詹姆士甚至领到了失业人员保障金，并有街道大妈热心地上门介绍工作，职位是社区办公室门卫。

不过詹姆士依然过着富人的日子，甚至比迈克这样事业蓬勃的富人，还要滋润。

每天中午，詹姆士睡到自然醒，然后一身地道的手工西装，一件派头十足的长风衣，开着他的老奔驰，带着他的麂子皮包，随便来到哪一个富人旧友的公司，不敲门便长驱直入董事长办公室，自自然然地坐在主人对面，露出一个明星般的笑容，一副老友drop in定会让你分外惊喜的模样，令主人不得不尴尬地回应一个且惊又喜的表情。

这个微妙的时候，只需对峙半个到一个小时，主人自然饿得不行，百般无奈邀他一同午餐。又或者主人正好有客户在，本来就要设宴，好在詹姆士看上去也还算体面，只得含糊其辞地向客户引见说，哦，这位就是著名企业家詹姆士，我的老朋友，正好顺路过来我这边办事，不如大家一起吃饭聊聊吧。

就这样，詹姆士每天依然是鲍鱼鱼翅，日日盛宴。

詹姆士还自有办法得到他的零花钱，他常常在每次宴席散场离开前，忽然想起来一般，咋咋呼呼地拉住哪个董事长说，哎呀，我差点忘了，我上个月买了几根高尔夫球杆，两万元，信用卡的钱还没还呢，要不我把卡号给你，你让你们财务帮我去缴一下？

这么点小事，董事长们自然不便细问究竟，随便吩咐秘书，把钱汇过去了事。有一回这事轮到了迈克头上，迈克心有不甘地追问了一句，什么球杆这么贵啊？

詹姆士立刻给足面子地回答，说真的，这套球杆品质特别好，我自己都没舍得用过，要不我让人给你送去，你用吧。

迈克马上自觉说了富人不该说的话，心中泄气表面豪爽地说，我这就把钱给你，球杆你还是留着自己用吧，君子不夺人所爱嘛。

渐渐地，所有的旧友都为詹姆士买过球杆了，好在不同的饭局中，詹姆士又认识了很多新朋友，这些不明就里的董事长总裁们，也往往不忍拂

宛如一个真正的富人般雍容出众，令一干董事长总裁都黯然如随从。

了圈内朋友的面子，事后跟当时饭局的主人说起，你那位朋友詹姆士倒是对球杆很有品位啊。

主人不好说破，只得把这个人情吞到肚子里。

不过詹姆士不能算是一个完全吃闲饭的人，他从一个饭局到另一个饭局，成了圈内少有的消息灵通人士，偶尔也能乾坤大挪移，做一票捐客，中介成功一笔大买卖，自己小赚一笔不说，也在日后饭局上增加了吹捧自己的素材。因此，如果不是特别频繁地"买球杆"，旧友们也乐于不冷不热地跟他交往着，没准增加了一个意外的商机。

再看詹姆士，作为一个赤贫者，混迹于先前的富人圈，一身鲜亮，更有先前少的悠闲红润之态，与周围一脸疲惫、焦虑得皱巴巴的富人们相比，宛如一个真正的富人般雍容出众，令一干董事长总裁都黯然如随从。

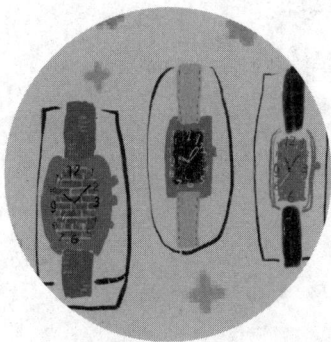

号码识人

你的手机号码，透露出你财富的秘密。

当电话卡像大麦茶一样，遍布小摊贩的临时落脚点，如果你的电话号码频频更换，这并不像你一周之内换三个芭芭瑞的手袋那样，是一件体面的事。

相反，这证明了你没有能抵制住来电畅听、预付款送话费、签套餐送手机，诸如此类各家通信公司的优惠竞争。他们争的就是你这样的顾客，富人可不会为了每分钟半毛钱的差异，或者贪一个免费手机，兴师动众地去换个号码。他们甚至不可能知道这些优惠的信息，因为他们多半不会步行经过派发小传单的街角拐弯。

所以，就算你开着法拉利去出席上流社会的派对，只要你递给陌生人的名片上，印着新电信公司的手机号码，每个人都会在接过名片后，保持风度地向你微笑一下，然后转眼消失得无影无踪。

手机号码就像红酒，年头越陈，才越有噱头。不是那种一看就是高价买来的、吉利齐整的号码，而是看似不经意的、却排列得很靠前的号码。这不仅把你的光辉形象，跟算计生活费的人群迥然区别开来，更重要的是，这暗示了你的信用等级。

要知道，身为一个富人，能够保持几年不起纠纷、不被追债，一个手机号码坦然地用下去，是多么罕见的情况啊，更不用说，保持使用一个十几年前的老号码了。

作为一名最了解富人信用状况的律师，迈克当然深谙手机号码的附加值，在任何情况下，都捍卫自己的老号码，不敢松懈。直到有一天，他遇见了萝拉。

萝拉是迈克的女客户，咨询了几次以后，立即对迈克一往情深，一天十几个电话，频频发出热情的邀约，宁愿烧着每小时几百美金的律师谈话费，也要向迈克诉说衷肠。迈克从不与金钱为仇，只是那张五官挪位、偏偏又满含深情的脸，总是让他积食难消。

可怜迈克逃得了和尚，逃不了庙，他可以从萝拉面前溜走，却实在没法关上手机，任由其他客户也和萝拉一样寻他不见。

所谓万里长城，毁于一个女人的哀怨。迈克维护了多年的手机号码，终于投降停机。

后来，迈克就幸运地坠入迈太的爱河。后来，迈克的手机号码，因为迈太对女客户们的高度警惕性，而从此长命百岁。后来，每当迈克抱怨迈太苛政时，迈太就会理直气壮地说，没有我，你还能有这么体面的号码吗？迈克顿时点头伏法。

幸而迈克是个富人，他才懂得欣赏迈太维护旧号码的丰功伟绩。因为要是哪个穷人在香烟盒子的背面，抄一个上世纪九十年代的移动号码给你，他绝对不会被误认为信用出众，这只能说明他的固执木讷，毫无经济头脑。

而如果你正巧换了一个新号码，也不必沮丧。你只需要在派对停错车位，并在侍者问你要法拉利车钥匙的时候，向大家提及，你刚从国外回来。假如普通话有些生硬，则效果更佳。要知道，一个刚回国、却能选到最便宜手机套餐的人，这份精明，是富人们尤其尊敬的。

只要你的手机号码底下，没有同时印着小灵通的号码，否则就没救了。

老师，不敢当

某报记者约迈太专访，迈太欣然前往，见面更喜，那位记者原来是一年轻帅哥，身高八尺，儒雅有礼。正醺醺然，就听帅哥张口称"迈老师"，迈太顿时气急败坏。

要知道，"老师"二字，在富人的字典里，着实让人侧目。

对富人圈中的男性，如果大家把谁称作"老师"，那一定是山穷水尽找不到其他措辞了。因为但凡有丁点名目，就算是有个皮包公司，也能轮上非"总"即"董"的客套话，就算游手好闲，只要有个体面的老爸，至少还能称"公子"。

而那些个被口口声声称作"老师"的，大家一听就知道，那多半是本土高校的文人，不知用什么途径巴结上了富人，扮演着门客军师的角色，却又无实际用途，连个空壳的咨询公司老总也混不上，撑着一身酸骨，还要人叫他"老师"才舒坦。

如果这位"老师"双目精光四射，手捻莲花指，兀自念念有词，说话却惜字如金，那就稍金贵些，是位"大师"。你就算心中不甩他，也最好别出言得罪，同时注意不要冒犯他的主人，要不然，难保他不会扎小人咒你。

对富人圈中的女性，最主流的称呼，就是"某太"，就像迈太以"迈太"著称，既肯定了她对于她先生的百分百拥有权，又热情赞扬了她温柔贤淑、持家有道的品格，尊贵、美貌与魅力，呼之欲出。

当然，女富婆中也不乏女性主义者，不愿意以"某太"的身份来掩盖自身光芒。如果那是一位"某总"，那还好，即使是恐龙跨越时空而来，多半还韶华尚存。如果你即将见到一位富婆"某小姐"，那请做好充分的思想准备，尚未鸡皮鹤发的女富婆，不会有使用这个称呼的嗜好。不过，你一定能同时欣赏到这位"小姐"的娇俏可人，当一个呈橄榄形的老婆婆，做青春少女状，一口一句"我们女生如何如何"，而她周围职员的目光，都有如凝视一位绝代佳人时，希望你能坚强挺住。

最蹊跷的，莫过于一个女人在富人圈被称作"老师"。这样的女人一般小有事业，却不是什么正经企业，而是美容院、形象工作室、心理咨询所之类的，而她美其名曰，靠学识技术赚钱，有三两女助理人前人后尾随称"老师"。

有些"老师"连中专都没毕业，也不见挂着绣花窗帘的精巧门面后面，有多少顾客可以支撑她的租金。好在，总是有某总某董心甘情愿地唤"老师"，轮流请教，这个"老师"的游戏，实在有趣得紧，跟扮警察、扮护士，有异曲同工之妙。

正因如此，当迈太听到帅哥记者口口声声称她"老师"时，一时间险些吐血当场。虽然对于普罗大众而言，"老师"确是一个实实在在的尊称，迈太写专栏著书，终于被人以"老师"相称，这无疑是对她文学水准的喜人肯定，应该回家蒙起被子大笑才是。

其实迈太最担忧的，还是被迈克听见有人这么叫自己。好好的太太变成了"老师"，这实在有如灭顶之灾，迈克将如何自惭形秽，从此怎有颜面见人。

迈太犹豫再三，决心还是不要和高校谄媚教师、巫师神汉，以及生计收入不明的妖冶女子混为一谈，于是委婉地请求帅哥，收回"老师"的尊称。

帅哥记者认真地问，那我怎么称呼您比较合适呢？

迈太再次陷入了思想斗争中。迈克最乐意听见的，当然是自己被称作"迈太"。但是，"某太"这个称呼，虽然代表着富人圈的审美主流，在文化圈中，则俨然是一个吃饱饭没事做的代名词，于贫困等同于艺术的主旋律下，绝对影响人们对你专业水准的认可。

曾经有人这么赞迈太，在上海的阔太太中，你还算文章写得出色的。迈太不甘地想，为什么你们不说，在文章出色的女作家中，我还算是嫁得好的。

迈太一咬牙，一跺脚，对记者说，我决定了，你就叫我"小迈"吧。

翌日，帅哥记者打电话到迈太家，迈克接的电话。

记者年轻的朗朗嗓音，问，小迈在家吗？

迈克听闻此言，大惊失色，顿时手持话筒，弯腰九十度，恭恭敬敬，且战战兢兢地答，胡公子，您今天怎么有空打电话找我？

金色酋长

迈太背上70升的旅行袋，与迈克告别说，我要去肯尼亚了。

迈克没有凶巴巴地拦在门前，也没有哀凄凄地扯住迈太的衣角，这一回，他真诚地祝福迈太说，哈尼，愿你在非洲早日成为黑王国中的金色酋长！

迈太提醒迈克，哈尼，我是去旅行，又不是去恐怖袭击占领非洲的。

迈克说，总有一天你会的。

是的，就在迈太决定去往非洲的那一天，迈克忽然从她身上窥见了金子的光芒。他开始醒悟，迈太，其实是一颗富人界最有潜力的新星，正有待辉煌升起，正如多年前他曾轻视的帅哥贝克，如今正满载着非洲的宝藏，风光无限地归来。

六年前，迈克曾投资了两间印刷公司作为副业，一间在城东，一间在城西，招聘了两个帅哥做经理，城东的名叫贝克，城西的叫汉姆。

迈克不常去城西视察，因为汉姆兢兢业业，谨小慎微，终日克勤克俭地守着公司，虽然赚的只是一些小钱，业务也算平稳。

迈克所有的脂肪、脑细胞和抗灾应变能力的消耗，都是流失在城东的，他每天抓狂地奔忙于事务所和城东之间，因为贝克实在创意超人，且勇气惊人。

他常常兴高采烈地签下一个远远超出工厂生产能力的合同，时限还短得根本来不及外包，而他却兀自为了签约成功得意不已。没两天，他又抽走了客户的预付款去炒股票，据说是发现了能为公司牟利的大行情。

他从来不安于做一间印刷公司的经理，甚至从来不安于做一个叫做贝克的帅哥，他似乎从来没有想好，自己到底安于做什么。他的口头禅是，做什么都比做印刷公司赚钱，就这么点利润指标，不用这公司和厂房，我一个人就搞定了。

结果呢，是慵懒而尊贵的迈克，隔三差五替他搞定各种麻烦。正当迈克愤怒地决定把贝克扫地出门，某天上午，他发现已经不需要亲自动手了。

贝克赌球欠下巨债，在债主的追杀中，就地失踪。

从此以后，城东、城西，加上迈克事务所，以及他后来庞大产业中的员工们，有了一个永垂不朽的反面典型。败家仔贝克和拯救者迈克，成了迈克每年向下属训话的经典故事。

故事讲到第六年的时候，贝克忽然从晦气的旧日角色中跳出来，化身非洲的金色酋长，赫然出现在光天化日的现实中。只见他跑车耀眼，名表辉煌，皮箱里满是金条，牙齿上满是钻石，国际长途当抒情闲聊，万吨轮船眼巴巴地等着他下令起锚。

当他这番声势走进迈克办公室，没有人会联想到，他就是迈克树立为失败典型的那个贝克。

原来，贝克当年赌球躲债，流落于南方的各个城市，在街巷中辗转听说，民主刚果的铜矿生意极为暴利，在那里收购一吨铜矿40美元，运回国内就能卖150美元，一年转手赚几百万信手拈来。

道听途说的天大机会，在电视里都不常能看见的遥远国度，战争、政变和暴乱，法语、林加拉语和奇卢伯语，酷热、荒蛮和黑色人种，换了汉姆会去吗？当然不，他正夙兴夜寐地研读报表，琢磨着哪些项目的成本可以再度压缩，让可怜的利润有些微地上升。换了迈克会去吗？当然不，他比较珍爱自己娇弱的身躯、脆弱的生命，还有不弱的现有财产。

所以命中注定，只有贝克，才拥有这样暴富的机遇。

所以当迈太背上旅行袋，一往无前地准备去往非洲时，迈克从她身上看见了贝克的影子，从而生出了深深的敬畏之情。

迈克对迈太说，哈尼，我在娶你的时候就早该看出来，你不计后果的疯狂，败家的气质，口袋空空也敢走出国界的勇猛，注定了某一天，你在金钱上的成就必然超越我。

迈太说，哈尼，我不是完全不计后果，事实上，我最怕晒黑，赤道的紫外线是姣好肌肤的最大仇敌。言毕，迈太招呼保姆，把旅行袋里的衣裳归位衣帽间。

话说这些年，迈太因为害怕肌肤的伤害，已多次放弃探险的计划，最

迈克对迈太说，哈尼，我在娶你的时候就早该看出来，你不计后果
的疯狂，败家的气质，口袋空空也敢走出国界的勇猛，注定了某一
天，你在金钱上的成就必然超越我。

终沦落成一名温驯平庸的太太。

城西的汉姆则已经由一个与贝克同样意气风发的帅哥，变成了秃顶臃肿的资深经理，公司依然按部就班，不过他的太太倒是在六年间换了两任，这充分证明了每个人都有不安现状的基因，只看你有勇气发挥在哪一领域。

而这六年间，迈克娶了迈太，并且全心致力于教育迈太和属下员工，务必安于现状。

要知道，不甘和痴勇是致富最大的秘密，一旦被穷人知晓，恐怕迈克就此麾下无人，也得拼得一身细皮嫩肉，去黑王国争夺金色矿藏了。

民营比红颜薄命

有一个秘而不宣的最高理想，在迈克的客户们中间蔓延。

史密斯夫妇劳作二十年，创立了两个著名的饮料品牌，前些日子一手交钱，一手交货，囫囵卖给了一家美国公司，有如养大了女儿终于成功嫁出。这工作狂的夫妇俩，从此守着银行存款，无所事事，算是功德圆满。

服装大亨马修也如待字闺中的少女，总算守得云开见月明。他的公司被一家法国公司看中，大部分股份套现变成了存款。

马修一夜之间，成了俨然的职业经理人，为已然易主的公司打工，从此不再蓬头垢面地整天往工厂钻，端坐办公室要多金领有多金领。好似在健身房苦练魔鬼身材的灰姑娘，到底坐稳花轿，修成了阔太太。

正如每个女人认定的好命，就是像迈太嫁给迈克，所有私人老板悟到的最好归宿，无非把苦心经营的一家一当，有天敲锣打鼓地卖给老外。每逢这最后一幕，迈克便由平日的棺材店东家，化身浓妆艳抹的喜婆，做好文件种种，送他们嫁入豪门。

万万没想到的是，浙江富豪萧元好，居然也耐不住深闺寂寞，守了大半辈子却晚节不保，把公司大半江山拱手让一家外资企业收购去，在纳斯达克上了市。迈克替他办完了手续种种，回家向迈太感慨说，与其他各家的转让相比，萧翁总算嫁得矜持。

适逢IT新贵菲利普，神神道道冲进迈克家里，说要庆祝他第三次把自己的公司，以出色的概念卖给了老外。迈太对迈克说，如果萧翁算是大家闺秀端庄出嫁的话，这个菲利普，就简直是个靠骗婚发财的。

目睹迈克的客户们，纷纷委身国外企业财团，冠上了英文字母的夫姓，这让迈太落花伤春，她一贯独立的女性意识，间接地受到了严重的伤害。

迈太严肃地指出，迈太就算不嫁给迈克，一样是个出类拔萃的文艺女青年，稿债未必会比现在少，情债依然会比稿债多。迈太尚且不稀罕迈克，这些公司怎么心心念念，就是等着老外来收购，比念家政系的女人还急呢？

迈克说，你是做太太的不知道单身的苦。

史密斯夫妇哪里舍得出嫁，如果不是资金周转发生问题，银行偏偏不肯贷款。马修一直想扩大企业规模，也苦于申请资金的报告，被银行退回无数次。国有企业是正房太太，他们充其量只是名不正言不顺的地下情人，或春风一度，或空闺翘首。

萧元好面临国际原料涨价，偏偏国内原料总是优先提供给大太太们。

只要大太太醋海生波，小小一挤，萧元好便陷入困境，否则他何以一把年纪了，还要筹措嫁事，委身于人，要说真是，民营比红颜薄命。

一周后，迈太在报纸上意外看到一则文章，经济学家与她同仇敌忾，先是大骂民营企业纷纷卖身于外族，致使民族品牌不存。写到后来，却又老鸨般地表示，他们委身也是好事，至少可以把大笔外资弄回娘家来用。

迈太就此悟到，命如纸薄并非为红颜而书，从此，不再以红颜比民营。

再说马修自从投靠外资以后，忽然良心发现，与同居多年的女友去办了婚姻登记，并且大摆酒席把她补娶过门。他自己名不正言不顺这么多年，算是感同身受，终于体会到了地下情人的不易。

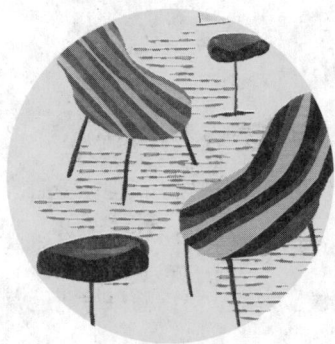

铁窗之约

　　某上市公司下属子公司总经理，年薪几百万的堂堂潘约翰，自打不幸入狱，蒙迈克搭救重获自由后，不再热衷于拿自己的种种罪恶，向迈克咨询，反而成了迈太的座上嘉宾，终日里与迈太讨论，如何用精油熏香泡澡，克服失眠的话题。

　　是的，潘约翰失眠，而且是严重失眠，梦中每每重回囹圄，惊醒过来，黑暗中冷汗长流。任凭迈太给他下多少薰衣草精油，他还是没能获得一夜香草的梦境，倒是人们五步开外，都能闻见这个胖男人异香扑鼻，私下议论他患了狐臭。

　　作为以知性著称的专栏作家，迈太当然不限于只懂香草，于是她开解潘约翰说，过去的，就让它过去吧，你若安分做生意，不用再怕回去监狱的。

潘约翰道，不，总有一天，我还会回去的。

迈太问，难道你又在做什么不法的勾当？

潘约翰反问迈太，你知道我当年是怎么被逮捕的吗？

话说潘约翰当年身为一方总经理，每年年底为呈送报表而担惊受怕，因为作为上市公司的一部分，不做出利润递增的报表，总公司会给他难看，而伪造报表，这罪名实在让人睡不安稳。为此，潘约翰每每把迈克这里当告解室，视迈克为神甫，就算无药可解，至少倾诉一下也能缓解焦虑，何况是面对一个能给违法者以安全感的律师。

除了伪造公司报表，供职多年，潘约翰也少不了收受贿赂，拿取回扣，欲壑从来难填，顺手拿一点外快也不足为怪，当然这些也都是违法的。

迈太打断潘约翰说，但是，当年你入狱的罪名，只有挪用公款而已。

潘约翰道，没错，挪用公款，这其实是我一直最谨慎避免的，因为我知道，这公司账上的钱，是国家和股民的钱，罪名一定小不了，所以我拒绝一切企业间的资金拆借，要知道这在商场上是多么司空见惯的事情，为此多少朋友怪我死板、不讲情面。在这种情况下，我自己拿公款来炒股，垫付私人的开支，更加是不可能的。

在职的八年里，我只忽略了一个细节，有一回，我准备去北京、广州两地出差一周，暂支了六千元的差旅费，这实在不算多，我还怕不够，自己带了信用卡。结果到当地后，客户接待得很周全，回来报销只花了四千元，还有两千元我就还到了公司账上。这事情实在很平常，很正常。

但是，这两千元，一进一出，就算是挪用公款的实据，而挪用公款，是刑事罪名。

潘约翰忿忿向迈太抱怨，你说，这样的事情，谁能躲得过？

迈太答，是啊，就算迈克附体，也难保不被关进大牢。

这一天，迈太总算对商业上的刑事罪，有了崭新的认识，一个人被关进监狱，不是因为他恶贯满盈足以被逮捕，只是取决于，有没有人想让他进监狱。

现如今，潘约翰脱离国有与上市这两大险地，开始自己投资设厂，做起了民营企业家。迈太安慰他说，这下好了，你不用担心再一不小心挪用公款，而且钱都是你自己的，想怎么做账、怎么收客户红包都没问题，只要不偷税漏税，一切OK。

潘约翰说，难！

比如说，你接了一家公司的订单，谈好价格和期限，签毕合同，到了发货那天，对方公司的老板给你来了个电话，说，朋友，我公司仓库正好在调整，很乱，你晚点发货，但是你最好传真一张发货单给我，因为首付款已经打过来了，财务要做账。

结果呢，过了两周，你被铐走了，因为他告你诈骗。你说，是他打电话给我的呀，那么证据呢，他用的是一个奇怪的座机，而且你也没法证明谈话的内容。

迈太惊呼，难道牢狱之灾，真的无法远离？

潘约翰答，正是如此，所以洁身自好，不如为所欲为，求神拜佛，不如多买闲书，留待狱中解闷。总之，人生在世，不可能被人人看着顺眼，只要世间还有人与人之间的嫉妒、陷害与纷争，身在商场，就如一只脚踏在班房。

迈太这才明白，为何潘约翰出狱之后，就不再热衷于向迈克做告解，果然是一劫之后，得了大道。

可惜悟了大道也没有用，潘约翰还是夜夜双目通红，熬到天亮，日日周身飘香，依然满心忧虑，只等着手铐那冰凉的哐啷一响。

这正如普罗提诺所言，只要灵魂在肉体里，它能够熟睡吗？

迈克看奥运

　自打七年前北京申奥成功的那天起，迈克就心心念念着奥运会的到来。

迈克时不时就对迈太念叨一遍，我要去北京看奥运。

迈太于是拿起铅笔又在墙上画了一道，然后郑重宣布道，第两万四千三百一十六遍。

离奥运开幕还有整整一年，迈克就频频来到北京，在奥运赛场附近物色房产。他向迈太宣布道，我们在自己的国家看奥运，住酒店太没有感觉了，我要在北京买一套豪宅，能够俯瞰水立方和鸟巢的，我们俩就能坐在窗前一边喝咖啡，一边看着北京奥运的全景了。

迈克很快挑花了眼。这些打着"奥运"旗号的房产价格天天在涨，而且一家比一家离谱，迈克刚想订下一套单价每平米五万的豪宅，转眼又有每平米九万的超豪华空中别墅送来邀请函，迈克开始苦恼，怎样才算不辱没富豪的身份呢？不要一不小心买了不够级别的豪宅，在世界人民面前丢了中国富人的脸。

忽然有一天，迈克听说了比尔·盖茨的动向，据说这么牛的富豪也要来北京看奥运，据说他也和迈克一样干脆在北京置业看奥运，还据说他相中了某个空中观景四合院，而这房产商更牛，只租不卖，而且租期一年起，租金么，则是一亿起。迈克一听喜出望外，这不正是一个长中国富人志气的机会吗？迈克打算倾家荡产也要设法买下这么套房子，这样，他就比比尔·盖茨还要牛了！

迈克正挖空心思，打听如何能买下一套比尔·盖茨买不到的奥运豪宅，又一个消息更确切地传来，原来这是一个假消息，比尔·盖茨本人都不知道这么回事情。

这一个来回的折腾，算是彻底打击了迈克的热情。加上奥运将近，原本看中的几套豪宅价格又涨了许多，房契合同快递还要经过好几道检查，迈克自己坐飞机去北京则要被检查更多道，在这一大堆不顺心的事情里，迈克心烦意乱，不得不放弃了自己买豪宅看奥运的梦想，当然这对他来说是一个致命的打击，迈克觉得自己作为一个中国富人的面子没有了。

迈克自从美梦破灭之后，每天都对迈太念叨好多遍，我不要看奥运了。

迈太于是拿起铅笔在墙上的另一侧添了一道计数线，一边不屑地宣布道，第一千三百四十二遍。

迈克当然没有能忍住不去看奥运，尽管他心里还是有些沮丧。

他和迈太坐在贵宾席上，这时，他看到比尔·盖茨兴冲冲地也赶来了，还有默多克、迪朗、吉姆斯金纳、斯科特、瓦格纳和格里格布朗等，这些世界著名的富豪和CEO都来了。迈克顿时满脸红晕，眼睛闪闪发亮，这哪里是北京的奥运会现场，这简直是瑞士达沃斯年度世界经济论坛的升级版啊！然而这正是北京奥运会现场！迈克坐在世界级商业领袖左近，不由得为中国自豪起来。

让迈克更开心的事情还在后面，这里有迈克最喜欢看的比赛，还有满场欢呼的观众，每个人都尽情享受着体育盛会，五星红旗令人兴奋地一次次升起在领奖台上。

现在迈克已经完全忘掉他的沮丧了，买不到豪宅算什么，他发现他其实根本不需要挖空心思去挣一份虚荣的面子，只要中国有面子了，他这个中国富人的面子自然金光闪闪，不同凡响。

迈克忍不住由衷地向迈太一再重申，做一个中国富人真好！

迈太拿起铅笔在酒店的墙上又开始计数，一边画一边大声宣布道，第一万四千六百七十一遍，第一万四千六百七十二遍……

这哪里是北京的奥运会现场，这简直是瑞士达沃斯年度世界经济论坛的升级版啊！

还魂记

迈克每次飞临北京城，总要想方设法去拜会名流李钟华。

这位李名流据说得到祖上的庇荫，出席的是上流社会的聚会，做的是低调暴利的生意。最要紧的是，只要有他愿意出面，任何难办的事情都能一手摆平。

迈克曾经因为处理一个上市公司的案子，辗转结识了这位名流，一度见识了他的手腕。是以，总希望有朝一日，能和他上升为莫逆知己，从此也要风得风，要雨得雨。所以，当有一回，李名流终于约迈克到家中小坐，迈克简直心如鹿撞。

跟着李名流走进朱漆大门，是寂静的高墙大院，身处闹市的这片奢侈所在，居然还有鸟声啁啾。迈克明白，这就是传说中京城贵族的四合院了。

一位满头银发、神色严肃、腰背挺直的老人安详地走了出来，很难想象，他在家里居然也穿着十分整齐。迈克想，名流就是不一样啊，他连忙打招呼。老人微微点头，不苟言笑。李名流让迈克坐了，兴致很好地说，送你一本我写的书吧，我就印了三百册，限量的。

迈克拿来一看，书名叫做《我和父亲》。这时候，老人又风度不凡地走了进来，端了一杯茶，迈克忙诚惶诚恐地起身接过，心里暗暗赞叹李名流一家的平易近人。

回上海的飞机上，迈克在头等舱一边喝红酒，一边细读李名流的文字。他发现书中满是俄狄浦斯情结，虽然李名流十分隐讳他父亲的身份，但是人人都可以看得出，他的父亲身份非常。迈克发现了新的公关对象。

再抵京城，迈克直奔李名流的四合院。开门的正是这位老人，他没有让迈克进去，只说李名流不在家。迈克说，没关系，我就是来找您的，这两盒百年普洱，您先留着喝。不待老人推辞，迈克匆匆离去。

下一步计划，迈克带着迈太来敲李名流的家门，死拉硬拽，把老人请到潮皇食府吃饭。在挂着24K金《清明上河图》的餐厅里，迈克和迈太围着老人连说带笑，令这沉默寡言的老人脸上，也浮出了几许温情。迈太再接再厉，做娇俏的小女儿状，竟当场认了老人做干爹。迈克顺势送上了千年野山参，只说，这是孝敬干爹您的。

当迈克正为自己的成功欣喜若狂时，两周后，京城传来消息，李名流的父亲去世了。迈克功亏一篑，捶胸顿足。迈太却是感慨无常，分外伤心，坚持要送老人最后一程。

于是迈克夫妇再次飞抵京城，赶去参加追悼会。两人正急匆匆往灵堂里走，忽然光天化日下，看见那位老人栩栩如生地迎了上来，亲切地拍了拍迈太的香肩。迈太呜哇一声跳了起来。

这时，李名流走过来，及时扶住了摇摇欲坠的迈克和迈太。他拉过老人介绍说，这位是我家多年的老仆人，迈克上次还见过的不是。

业余富豪

迈克在悲喜交集的富人之路上，逐渐明白了一个道理，要成为这个时代响当当的富豪，坚挺的账户并不是一个必要条件，你得是个天生愿意并善于站在聚光灯下的表演艺术家。

你不需要赚得像个富豪，但必须花得恰似一个从来不知道低数位的数学白痴，只是为了类似行为艺术般的公众观赏价值，由此很可能你的豪宅每每换得比名车快，而名车的寿命可能短于你存着侥幸偷偷穿了好几年的外套。

你将成为最善于跟人相处的人，管家、保姆、厨师、司机、秘书、保镖，随时侍立左近，你得耐得住在众目睽睽下完成每一天的生活，并且不愠不怒，还要表现得因此很享受。如果你能习惯了每次伸手拿筷子的时候，就已经有人敏捷地拈起，轻轻放进你手里，你就总有一天能习惯，在

224

解手完毕的当下，有人甜蜜微笑着奉上手纸。

你将选择在青天白日下打一个白色小球，而不是躲在家里练瑜伽，虽然小球不能减少你丰满的肚腩，只能活动你已经很左右逢源的颈椎。你将隔三差五出现在慈善场合，做些细水长流的捐款，让你光辉的笑容时常出现在媒体的彩页上。如果你有富余的精力，最好能拉下脸皮，就社会热点问题每每发表些观点，不怕愚蠢，但求惊人，这种蛮干的精神将很有效地让你在公众认定的富豪名单上混个脸熟。

迈克啊迈克，他天生的自恋精神，已经让他无师自通地登上了知名富人的宝座之一，只是比起此道之中真正的高手，他还只能算是鲁班门口的木匠。

某日，又有惆怅的艺术人士慕名登门，请迈克为一部电影投资，迈克照例冷冷婉拒。迈太对艺术家一律惺惺相惜，私下劝迈克说，哈尼，这次的剧本还算像话，你不如帮他们一次吧，就当支持民族文化。

迈克反问，民族文化为什么就该我花钱？

迈太申辩说，至少你也是汉族。

迈克诡秘地笑道，错了，我是不满族。

不过，迈克很快就品尝不听太太言的后果，追悔莫及。

被迈克断然拒绝的电影，数月后在影院隆重上映，出品人的字幕上居然赫然出现李钟华的名字，是的，就是迈克富人圈中的老朋友李钟华。他不但投资了这部文艺极了的电影，还在影片中客串了一个深沉思辨的角色，当迈克和迈太坐在影院里，看到他熟悉的脸初升朝阳般巨大静默地出现在屏幕上，迈克夫妇差点一起从座位上跌到地上。

这次富豪与民族文化的结合，有如干柴遇见了烈火。这部原本命该小众的艺术电影，因为李钟华的抛头露面而票房火热，宛如出售富豪参观券，而李钟华也凭着够艺术的形象，再次踩着恼怒不已的迈克，踏上了更辉煌的公众话题舞台。

李钟华踩到迈克已经不止一次两次了，这位京城名流儒商，正凭借神秘的气质，前卫的做派，逐渐盖过迈克的光华，成为全国人民视野中最璀璨的富豪明星。

在迈克还在为保时捷新款跑车心旷神怡的时候，李钟华高价拍下了古董奔驰，一举成为媒体的热点人物。当迈克开着几乎成为坏偶像代言品牌的宝马纵横街头时，李钟华却以低调的捷豹再次赢得媒体好感加分。

在迈克写下了畅销著作《光荣与梦想——我和事务所的风雨十三年》时，李钟华还只能自费出版顾影自怜的《我和父亲》，可怜迈克的优势没能保有多久，李钟华开博了，隔三差五以富豪的身份论房产谈股票，讲赚钱经营之道，偶尔还抒情个生命信仰励志感悟什么的，文字产量让迈太都为之汗颜，点击率飙升奠定了他"博客王子"的地位。

迈克当年乘登山之时尚，在雪山前拍照留念，也曾让他的英武形象广为传播。不想一夜之间，新闻中铺天盖地传来李钟华征服喜马拉雅山的消息。原来李钟华聘请了专业登山队员，全套装备保驾护航，外加数名彪形大汉一路把他架上雪山之巅，立定，摘下氧气面具，微笑举起双手，摄像录音存照为证，胜利的凯歌如此传遍举国上下。

李钟华，多么耀目的名字，如今，它简直成了国人富豪的代名词，世人可以背不出中国福布斯前十名的富豪名字，但是有谁不知道每月都有壮举见诸报端的李钟华呢?

虽然他的真正排名远在几百位之后，甚至还远不如迈克。

迈太对迈克说，这果然是一个半专业半业余运动兴盛的时代，网络视频往往比电影大片更有话题，上世纪最伟大的天文发现都被业余观测者一览无余，而有名的富人常常比有钱的富人更声势俨然。

迈克说，因为专业富豪绝对有不愿出名的理由。

年后，李钟华苦心经营的名声得到了报偿，他公司的资产上市前评估就高了两倍，上市后更有二十倍的市值，远高于同类公司，这完全仰仗于他表演艺术家般的知名度。

当缥缈而美丽的价值变成轮盘赌上说不得的筹码，李钟华的排名一跃进入了前数十位，从此，他也和一个专业富豪那样，收拾真金白银开始着实地低调起来。

而迈克呢，他依然蹒跚在业余富豪的道路上，依然热衷于偶尔在公众面前抛头露面，展露一把个人魅力。好在迈克此生最大的不幸与幸运，就是娶到了文采卓著的迈太，他一心期待着这部继《富人秀》之后的《豪门季》能令他青史留名。

而迈太呢，她依然身怀一名奸细和吹鼓手的双重命运，在默许下勤奋码字为迈克传播善恶交织的声名。对于太太来说，这实在是件愉快的事情，至少，这证明了，她的迈克本质上还是清白坦荡的。